Die Witze in diesem B
ziemlich das gesamte
schwarzen Humors ab. So sind garantiert einige Witze dabei, die Sie schon kennen, die Ihnen nicht böse genug sind oder die auch Ihre persönliche Geschmacksgrenze überschreiten.

Jeder Mensch hat halt eine andere Toleranzgrenze zwischen witzig und geschmacklos.

Ich hoffe trotzdem, dass Sie mit dieser Auswahl an Witzen ordentlich was zum Lachen haben.

Viel Vergnügen wünscht Ihnen

Dennis Lenz

„**G**uten Tag, ich hätte gerne Wurst
von der fetten, groben."
„Tut mir leid, die hat
heute leider Berufsschule."

* * * * * * * *

Ich weiß nicht ob der Glaube
Berge versetzen kann.
Aber ich weiß, was er mit
Wolkenkratzern machen kann.

* * * * * * * *

Treffen sich zwei Heimwerker:
„Ich baue für meine Frau einen Stuhl."
„Und, wie weit bist du?"
„Bis auf die Elektrik bin ich fertig."

* * * * * * * *

Ein Ehepaar hat zwei bildschöne
Töchter. Das dritte Kind wird
jedoch ein hässlicher Junge.
Da fragt der Ehemann:
„Hast du mich etwa betrogen?"
„Nein, diesmal nicht."

Sie steht verzweifelt vom Spiegel:
„Ich hätte gerne größere Brüste."
Ruft er aus dem Nebenzimmer:
„Reibe doch einfach täglich etwas
Toilettenpapier zwischen ihnen. Hat
bei deinem Arsch ja auch geholfen."

* * * * * * * *

Drei Lügen in nur einem Satz:
Ehrlicher Pole mit eigenem Auto
sucht Arbeit.

* * * * * * * *

„**M**ama, bin ich wirklich so
hässlich, wie alle sagen?"
„Du sollt mich doch nicht
in der Öffentlichkeit ansprechen!"

* * * * * * * *

Fragt ein Mann in der Weinhandlung:
„Welchen Wein können Sie mir für
unsere Silberhochzeit empfehlen?"
„Es kommt ganz drauf an,
ob Sie feiern oder vergessen wollen..."

Warum hat Frankreich so viele Flüsse?
Wasser nimmt immer den Weg des
geringsten Widerstandes.

* * * * * * * *

Muss man auch mal positiv sehen:
Statistisch gesehen ist Afrika der
Kontinent auf dem die wenigsten
Kinder in Brunnen fallen.

* * * * * * * *

Woran erkennt man eine
türkische Domina?
An ihrem Lederkopftuch.

* * * * * * * *

Kommt ein alter Mann zum Arzt:
„Na, guter Mann.
Wo fehlt es uns denn?"
„Ich kann nicht mehr pinkeln."
„Wie alt sind sie denn?"
„Ich werde demnächst 98 Jahre."
„Na, dann haben wir ja auch
genug gepinkelt..."

Familie Lunze hat ein behindertes Kind. Es hat weder Arme, Beine, noch einen Rumpf, nur ein Kopf. Am Heiligabend liegt der Kopf auf dem Sofa und quengelt: „Papa, wann ist endlich Bescherung? Darf ich jetzt mein Geschenk aufmachen?"
Der Vater meint: „Nein, mein lieber kleiner Kopf. Wir warten noch ein paar Minuten, einverstanden?"
Etwas später quengelt der Kopf erneut: „Papa, jetzt? Bitte, bitte…"
Der Vater erlaubt es schließlich. Also rollt der Kopf vom Sofa, knallt erst gegen den Tisch und dann gegen den Christbaum und reißt schließlich durch wildes hin und her bewegen seines Mundes das Geschenkpapier auf und sagt enttäuscht:
„Och, schon wieder eine Mütze."

* * * * * * * *

„**S**chatz, findest du mich zu stark geschminkt?"
„Kommt drauf an.
Willst du Batman töten?"

Wo findet man eine
Schildkröte ohne Beine?
Da, wo man sie hingesetzt hat.

* * * * * * * *

„**K**omm Schatz, wir müssen los."
„Wir müssen noch warten
bis das Baby weint."
„Warum das denn?"
„Ich weiß nicht mehr,
wo ich es hingelegt habe."

* * * * * * * *

Krieg ist Gottes Art den Amerikanern
Geographie beizubringen.

* * * * * * * *

Schimpft die Mutter mit ihrem Sohn:
„Lass endlich diese dummen Sprüche!
Es gibt auch schlaue Blondinen."
Darauf der Sohn:
„Ja, das stimmt. Aber die laufen
auf allen Vieren und heißen
Golden Retriever."

Beim Landgang einer Kreuzfahrt fragt
die ältere Dame den Reiseführer:
„Werden hier eigentlich viele
Wracks angespült?“
„Nein, Sie sind das Erste.“

* * * * * * * *

Der Ehemann besucht seine totkranke
Frau auf der Krebsstation. Während sie
sich am Bett unterhalten stöhnt die
Zimmernachbarin immer wieder
lautstark vor Schmerzen.
Darauf brüllt der Mann erregt:
„Nun hören Sie doch mal auf
zu stöhnen, dadurch wird's doch
auch nicht besser.“

* * * * * * * *

„**K**apitän, wir haben einen
blinden Passagier auf dem Schiff.
Was sollen wir mit ihm machen?“
„Werfen Sie ihn sofort über Bord.“
Zehn Minuten später:
„Erledigt! Und was machen wir
jetzt mit seinem Hund?“

Das Wartezimmer beim Arzt ist voll und
die Zeit streicht nur mühsam dahin.
Irgendwann steht ein Patient auf,
nimmt seinen Mantel und murmelt:
„Ich gehe jetzt nach Hause und
sterbe eines natürlichen Todes…"

* * * * * * * *

Verkäuferin im Kino:
„Das Popcorn süß oder salzig?"
Er: „So wie meine Freundin, bitte."
Die Verkäuferin darauf:
„Hässliches Popcorn haben wir nicht."

* * * * * * * *

In jedem Mann steckt etwas Gutes.
Und sei es nur das Küchenmesser.

* * * * * * * *

„**I**ch werde mein erstes Kind
Hildegard nennen."
„Und wenn es ein Junge wird?"
„Dann wird es Hildegard
sehr schwer in der Schule haben."

Liebe Mütter lassen ihr Kind die
Rührstäbe ablecken.
Großartige Mütter schalten
das Gerät vorher aus.

* * * * * * * *

Zwei Omas sitzen im Café. Sagt
die eine: „Ich habe gestern einen
Pornofilm gesehen. Die haben sich
da geleckt, wo wir Pipi machen."
„Wo denn genau?
Am Rand oder am Deckel?"

* * * * * * * *

Ich habe mir eine Dachbox
für mein Auto gegönnt.
Die ist richtig klasse!
Die Kinder hört man kaum noch.

* * * * * * * *

Es heißt jetzt im Übrigen nicht mehr
Krisengebiet, sondern temporäre
Harmoniedefizitzone mit deutschem
Waffenexporthintergrund.

Wie unterscheidet man
Chinesen von Japanern?
Mit dem Geigerzähler.

* * * * * * * *

Eine Frau will sich umbringen und von einer Brücke springen. Da kommt unten ein Mann vorbei und ruft zu ihr: „Wenn du unbedingt dein Leben beenden willst, dann könnten wir vorher doch noch Sex haben…" Darauf erwidert die Frau entsetzt: „Nein! Wir kennen uns ja gar nicht." Der Mann überlegt kurz und ruft dann: „Ok, dann warte ich eben bis du unten bist."

* * * * * * * *

Kommt ein Mann zur Wahrsagerin. „Wie ich sehe, sind Sie Vater von zwei Kindern", sagt die Wahrsagerin. „Das glauben Sie?", erwidert er. „Ich bin Vater von drei Kindern!" Die Wahrsagerin lächelt: „Das glauben Sie."

Kommt die Mutter nach Hause und sieht, wie der Vater das Baby an den Ohren durch die Wanne im Badezimmer hin und her schleift.
„Was machst du denn da?“, schreit sie ihn panisch an.
Darauf der Vater: „Denkst du, ich will mir die Finger verbrennen?“

* * * * * * * *

Was ist der Unterschied zwischen Rassismus und Chinesen?
Rassismus hat viele Gesichter.

* * * * * * * *

„**E**ntschuldigen Sie bitte. Sind Sie für den nächsten Tanz schon vergeben?“
„Oh nein, ich bin noch frei.“
„Könnten Sie dann bitte mein Bierglas halten?“

* * * * * * * *

Nicht einmal Actimel aktiviert Frankreichs Abwehrkräfte.

Kommt ein Tscheche zum Augenarzt.
Dieser hält ihm eine Buchstabentafel vor: C Z W O X S T Z L E C
„Und? Können Sie das lesen?"
„Lesen? Ich kenne den sogar!"

* * * * * * * *

Der Kannibale schwärmt:
„Oh, ich liebe Politiker,
viel Sitzfleisch und kein Rückgrat."

* * * * * * * *

Während des Endspiels der Fußball-WM sieht ein Fan, dass der Platz neben seinem Sitznachbarn noch frei ist. Er fragt ihn:
„Warum ist der Platz neben Ihnen denn noch frei?"
Der Sitznachbar antwortet:
„Der Platz war für meine Frau. Sie ist leider verstorben."
„Und warum haben Sie kein anderes Familienmitglied mitgenommen?"
„Die haben alle keine Zeit. Die sind noch auf der Beerdigung."

Abtreibungen werden neuerdings ins
Familienstammbuch eingetragen.
In der Rubrik „Entfernte Verwandte“.

* * * * * * * *

Eine Oma beim Arzt:
„Wo sitzt eigentlich das Herz?“
„Etwa zwei Zentimeter unter
der linken Brustwarze.“
Nächsten Tag in der Zeitung:
Frau wollte Selbstmord begehen und
schoss sich ins Knie.

* * * * * * * *

Tausche schwer verständliches Buch
über Empfängnisverhütung gegen
gebrauchten Kinderwagen.

* * * * * * * *

Eine wissenschaftliche Studie hat
herausgefunden, dass Frauen,
die ein bisschen übergewichtig sind,
länger leben, als Männer,
die das erwähnen.

Sagt der Raucher:
Der Weg zur Lunge muss gut geteert sein, damit der Krebs keine Chance hat sich festzusetzen.

* * * * * * * *

Die Eltern finden im Zimmer ihres Sohnes ein Sadomaso-Heft.
„Was sollen wir jetzt tun?", fragt die Mutter ihren Mann.
„Ich glaube, es wäre besser, ihn nicht zu schlagen."

* * * * * * * *

Was macht eine dicke Bäckerin ohne Arme und Beine?
Rumkugeln.

* * * * * * * *

„**D**u studierst auf Lehramt?"
„Ja, genau."
„Und was unterrichtest du, wenn du fertig bist?"
„Idioten!"

Hey Amaru, gestern saß eine
dicke Baldachinspinne in
meiner Badewanne."
„Was soll das sein?"
„Das ist eine große weiße Schüssel in
der wir uns waschen."

* * * * * * * *

Traurig, dass viele Mütter den
Muttertag nicht feiern können.
Alkohol ist erst ab 18 und am
nächsten Tag ist wieder Schule.

* * * * * * * *

Wie kastriert man einen Kühlschrank?
Tür auf – Eier raus – Tür zu.

* * * * * * * *

Treffen sich ein Blinder und ein Tauber.
Sagt der Taube erbost:
„Ey, ich kann echt keine
Behindertenwitze mehr hören."
Sagt der Blinde:
„Das sehe ich genauso!"

Eine extrem dicke Frau beim
Frauenarzt. Der Mediziner müht sich.
Schließlich bittet er:
„Könnten Sie mal rasch kräftig furzen?"
Die Frau empört: „Wie bitte?
Sagen Sie bloß, Sie brauchen das
für die Untersuchung."
Der Arzt: „Nein. Zur Orientierung."

* * * * * * * *

In der Apotheke:
„Eine Schachtel Kondome bitte."
„Gern. Das macht 3,99 Euro.
Brauchen sie noch eine Tüte?"
„Nein danke, sie ist eigentlich ganz
hübsch."

* * * * * * * *

Der Pessimist sieht den Tunnel.
Der Optimist sieht das Licht
am Ende des Tunnels.
Der Realist sieht einen Zug
auf sich zukommen.
Der Schaffner sieht drei Idioten
auf den Gleisen.

Otto und Alexander spielen draußen mit Pfeil und Bogen. Otto steht mit einem Apfel auf dem Kopf vor einem Baum. Alexander zielt – doch trifft das linke Auge von Otto. Er zielt nochmal und trifft das recht Auge.
Da sagt Otto:
„Tut mir leid Alexander, ich muss jetzt nach Hause."
„Du Spielverderber! Nur weil ich den Apfel nicht getroffen habe?"
Otto: „Nein, meine Mama hat gesagt, ich soll nach Hause kommen, wenn es dunkel ist."

* * * * * * * *

Zwei Männer spielen Golf. Als ein Trauerzug am Golfplatz vorbeizieht, stellt der eine sein Spiel ein, nimmt seinen Hut ab, fasst sich mit der rechten Hand ans Herz und hält inne.
Sagt der andere: „Mensch, so sensibel und taktvoll hätte ich dich nicht eingeschätzt."
Antwortet er: „Naja, immerhin waren wir 30 Jahre verheiratet."

„**W**ofür brauchst du eine
Knochensäge?"
„Zum Sägen."
„Was willst du denn sägen?"
„Knochen."
„Das sag ich dem Chef!"
„Unwahrscheinlich."

* * * * * * * *

Die Frau stöhnt vor Schmerzen
auf der Geburtsstation.
Er: „Es tut mir so leid, mein Engelchen,
dass du das durchstehen musst."
Sie: „Mach dir keinen Kopf.
Du kannst ja nichts dafür."

* * * * * * * *

Was für ein Tier hat fünf
Beine und einen Arm?
Ein Pit Bull auf dem Kinderspielplatz.

* * * * * * * *

Deutscher Schnee fällt nicht,
er besetzt das Gebiet.

Ein Mann schlägt wild im Wasser
herum und schreit immerzu:
"Help! Help! Help me! Help!"
Da kommt ein Spaziergänger am
Strand vorbei, schüttelt den Kopf
und brüllt zurück:
„Du hättest statt Englisch
lieber Schwimmen lernen sollen."

* * * * * * * *

„**M**eine Freundin ist schwanger."
„Glückwunsch! Was wird es?"
„Eine alleinerziehende Mutter."

* * * * * * * *

Anzeige auf ebay:
Verkaufe französisches Gewehr.
Nie benutzt.
Nur einmal fallen gelassen.

* * * * * * * *

„**H**err Bademeister! Herr Bademeister!
Da zerfleischt ein Hai ein kleines Kind!"
„Jaja, so machen die das..."

In Amerika findet die Polizei einen toten, vom Hals ab gelähmten Mann in einer Straßengasse. Er ist schwarz und hatte 12 Kugeln in sich.
Die Polizei geht von Selbstmord aus.

* * * * * * * *

„**I**ch muss höllisch aufpassen, dass ich kein Kind mehr bekomme!"
Die Freundin: „Wieso? Ich dachte dein Mann ist sterilisiert."
„Ja eben!"

* * * * * * * *

Wir haben zu Hause einen Hund, der hat keine Beine mehr. Einen Namen hat er auch nicht. Wozu auch? Wenn man ihn ruft, kommt er ja doch nicht.

* * * * * * * *

„**U**nd? Wie funktioniert das neue Hörgerät, Oma?"
„Sehr gut! Habe schon dreimal mein Testament geändert."

Was ist ein Mann mit einer Meinung?
Im Unrecht.

* * * * * * * *

Habe meiner Freundin den
Rollstuhl geklaut...
...ratet mal, wer gleich wieder
angekrochen kommt.

* * * * * * * *

Unterhalten sich zwei Epileptiker:
„Ich habe gehört, du hast gestern
Abend den Breakdance-Wettbewerb
in der Disco gewonnen."
„Ja, aber eigentlich wollte ich mir nur
eine Cola holen."

* * * * * * * *

Ein Ehepaar sieht sich im Fernsehen
eine Tierdokumentation an.
Meint sie: „Liebling, findest du nicht
auch, dass Nagetiere dumm
und gefräßig sind?"
Antwortet er: „Ja, mein Mäuschen."

Der Lehrer prüft die Versetzung
in die dritte Klasse:
Lehrer: „Thomas, buchstabiere
mal bitte das Wort Vater."
Thomas: „V A T E R"
Lehrer: „Sehr gut, bestanden."
Lehrer: „Susi, buchstabiere du
mal bitte das Wort Mutter."
Susi: „M U T T E R"
Lehrer: „Sehr gut, bestanden."
Lehrer: „Ali, buchstabiere du jetzt
Ausländerdiskriminierung."

* * * * * * * *

Durchsage auf der Titanic:
Hiermit nominieren wir alle Passagiere
für die Ice-Bucket-Challenge!

* * * * * * * *

Kommt ein Jugendlicher in das volle
Wartezimmer beim Arzt. Meint er:
„Huch, hier ist ja echt viel los."
Meint ein Rentner:
„Als ich mich hier hingesetzt habe,
war ich so alt wie du."

Ein Motorradfahrer fährt eine dickere Frau am Zebrastreifen an.
„Rüpel! Können Sie nicht hinter mir vorbei fahren?"
„Doch schon, aber ich hatte Angst, dass mein Benzin dafür nicht mehr reicht."

* * * * * * * *

Fragt ein Stotterer zu einem mit Glatze:
„Ww wa was z zahlst d d du b b beim Friseur?"
Sagt der mit Glatze:
„Nicht so viel, wie du für ein Ortsgespräch."

* * * * * * * *

Ein Deutscher und ein Amerikaner wetten, wer schneller ein Haus bauen kann. Nach vier Wochen meldet der Amerikaner:
„Noch 14 Tage und ich bin fertig!"
Antwortet der Deutsche:
„Noch 14 Formulare und ich fange an."

Der wohlhabende Unternehmer
ruft aus seinem Büro an.
Der kleine Axel geht ran:
„Hey Kleiner, ich bin's. Hol mir mal
schnell die Mama ans Telefon."
„Das geht leider nicht. Die liegt mit
einen Mann im Bett."
„Waaaas? Pass jetzt gut auf: Hol die
Axt aus der Garage und hau beiden
damit kräftig über den Kopf."
Nach zehn Minuten ruft er erneut an:
„Und? Hast du alles gemacht?"
„Ja, habe ich."
„Gut gemacht! Jetzt schleifst du
Mama zum Swimmingpool..."
„Wir haben doch gar keinen
Swimmingpool."
„Nicht? Verzeihung!
Falsch verbunden."

* * * * * * * *

Was muss ein süßes Mädchen tun,
um einen entzückenden kleinen
Nerz zu bekommen?
Dasselbe, was ein Nerz tun muss,
um einen kleinen Nerz zu bekommen.

Was ist der Unterschied
zwischen einem Politiker und
einem Telefonhörer?
Den Telefonhörer kann man
aufhängen, wenn man sich
verwählt hat.

* * * * * * * *

Was trinken die Kardinäle,
wenn sie einen Papst wählen?
Rotkäppchensekt.

* * * * * * * *

Welches Wort passt nicht zu den
Anderen: Tripper, Inzest und
Monopoly. Tripper! Das Andere sind
Familienspiele.

* * * * * * * *

„**P**api, machst du, bevor du rausgehst
und das Licht ausmachst, noch
die Schranktür zu?“
„Wieso? Alles, was dich töten kann,
kann auch die Schranktür aufmachen.
Gute Nacht.“

Da wollte ich meiner kleinen
Schwester eine Freude machen und
habe ihr ein Trampolin gekauft.
Und was macht die blöde Kuh?
Sitzt im Rollstuhl und heult.

* * * * * * * *

Ich kann meiner Frau nichts recht
machen. Ich habe Ihr einen
Strauß geschenkt und sie wieder:
Mimimi..., viel zu groß!
Mimimi..., wo soll der denn hin?
Mimimi..., der kackt alles voll!

* * * * * * * *

Bei der Marine nehmen sie jetzt
nur noch Nichtschwimmer.
Die verteidigen die Schiffe länger.

* * * * * * * *

Ein katholischer Priester,
ein Pädophiler und ein Vergewaltiger
gehen in eine Bar.
Er setzt sich und bestellt ein Bier.

Es klopft an der Himmelspforte.
Petrus steht auf, geht an die
Tür, öffnet sie und fragt:
„Wie heißt du mein Sohn?"
Der Mann antwortet:
„Ich bin Sven Müller aus Ham..."
Plötzlich ist er weg. Petrus ist irritiert,
schließt die Tür und legt sich wieder
hin. Da klopft es erneut an der Tür.
Petrus steht wieder auf, geht erneut zur
Tür und öffnet sie. Da sieht er den
selben Mann vor sich stehen.
„Ich bin Sven Müller aus Ham..."
Und der Mann verschwindet erneut.
Beim nächsten Klopfen an der Pforte
passiert genau dasselbe, worauf Petrus
verwundert zum Chef geht:
„Hallo Gott, sag mal, was passiert da
Gerade unten? Da steht immer wieder
so ein Mann bei mir vor der Tür und
sagt er sei Sven Müller aus Ham und
dann verschwindet er plötzlich."
Gott: „Achso, das ist Sven Müller aus
Hamburg. Der liegt auf der
Unfallstation und wird gerade
wiederbelebt."

Fragt der Richter den Angeklagten:
„Warum haben Sie den Gruselclown so dermaßen zugerichtet?"
Antwortet dieser: „Es war Notwehr."
„25 Schläge ins Gesicht?"
„Die Nase hat so lustig gehupt..."

* * * * * * * *

Was ist frech?
Zu einer Schwangeren sagen:
„Hallo zusammen."
Und was ist pervers?
Wenn man beiden die Hand gibt.

* * * * * * * *

Was ist ein 30-jähriger Taliban?
Ein Spätzünder.

* * * * * * * *

Ein arabischer Ölscheich möchte einen Picasso kaufen. Verträumt erklärt er seinem Galeristen:
„Ich verehre Picasso. Keiner hat sein Öl so teuer verkauft wie er."

Was haben Fokushima und
RTL gemeinsam?
Beide strahlen so lange aus
bis alle behindert sind.

* * * * * * * *

Was ist besser als die
Paralympics zu gewinnen?
Zwei Beine.

* * * * * * * *

Moses steigt vom Berg Sinai herab und verkündet: „Ich habe eine gute und eine schlechte Nachricht. Die Gute: Ich habe ihn auf 10 Gebote runterhandeln können. Die Schlechte: Ehebruch ist immer noch dabei."

* * * * * * * *

Man merkt, dass man alt wird, wenn man einen Horrorfilm schaut indem ein paar nervige Teenager umgebracht werden und man den Mörder gut verstehen kann.

Wie oft darf man bei Notwehr eigentlich nachladen?

* * * * * * * *

Ein alter Mann geht zur Beichte:
„Vater, vergib mir. Ich habe gesündigt. Während des Weltkrieges habe ich etwas Schlimmes getan."
„Was hast du denn getan?"
„Ich gab einem Verfolgten in meinem Heim Unterschlupf."
„Aber das ist doch eine gute Tat."
„Ja, aber ich habe ihn dafür Miete zahlen lassen."
„Das war nicht nett. Aber du hast dein Leben riskiert, also sei dir vergeben."
„Danke Vater. Nur eine Frage noch…"
„Ja, bitte. Stell deine Frage."
„Soll ich ihm jetzt sagen, dass der Krieg vorbei ist?"

* * * * * * * *

Was ist der Unterschied zwischen einem Türken und einem Bayern?
Der Türke spricht besser Deutsch.

Ich habe meinem Sohn (3) einen kleinen Hundewelpen gekauft, damit er bei der Hitze nicht so alleine im Auto warten muss.

* * * * * * * *

„**W**ollen Sie ein Bier für Ihre Frau?"
„Ja, das ist ein fairer Tausch!"

* * * * * * * *

Ein Arzt lässt sich ein Haus bauen. Als die Baugrube ausgehoben ist, schütten die Bauarbeiter noch Erde in das Loch und verdichten sie. Da meint der Arzt: „Na, da wird jetzt wohl der Pfusch mit Erde zugedeckt." Antwortet einer der Bauarbeiter: „Das haben unsere Berufe ja gemeinsam."

* * * * * * * *

Wie transportiert man 100 Äthiopier in einen Einkaufswagen?
Gar nicht – sie fallen einfach durch.

Ich wollte mit den Kindern einen
Drachen steigen lassen, aber
meine Schwiegermutter hat
Höhenangst.

* * * * * * * *

Was ist 13,37 Meter lang und
stinkt nach Pipi?
Eine Polonaise im Altenheim.

* * * * * * * *

Ein junger Offizier soll in die
Schreibstube versetzt werden. Bei der
Vorstellung fragt ihn sein
Kommandeur:
„Wie viele Anschläge pro Minute
schaffen Sie?" Der Soldat runzelt die
Stirn: „Brauchen Sie einen Mitarbeiter
oder einen Terroristen?"

* * * * * * * *

ebay ist die moderne Form
der Müllentsorgung.
Früher musste man dafür noch
extra in den Wald fahren.

Definiere Deutschland:
Pfandautomat reklamiert
zerdrückte Flasche.
Kunde richtet Flasche.
Automat akzeptiert Flasche
und zerdrückt sie.

* * * * * * * *

Kommt ein Schwarzer zu
einer Wahrsagerin.
Sagt der Schwarze: „Ich habe gehört,
Sie können hellsehen."
Antwortet die Wahrsagerin:
„Im Moment sehe ich nur schwarz."

* * * * * * * *

Masern sind die Treuepunkte
der Impfgegner.

* * * * * * * *

Warum lassen sich jugendliche
Türken immer einen
Oberlippenbart wachsen?
Damit sie mit dem Ausweis ihrer Mutter
in die Disco kommen.

Ich habe letztens ein total süßes jüdisches Mädchen kennengelernt. Sie hat mich sogar nach meiner Nummer gefragt. Ich habe ihr dann erklärt, dass wir Namen haben.

* * * * * * * *

Vater und Sohn machen einen Rundflug im Sportflugzeug mit.
Sagt der Pilot: „Was ich nicht ausstehen kann, sind Quasselköppe! Wenn Sie den Flug durchhalten ohne ein Wort zu sagen, müssen Sie nur den halben Preis zahlen."
Nach der Landung: „Alle Achtung, Sie können wirklich Schweigen meine Herren."
Sagt der Vater: „Leicht war es nicht, besonders als im Looping mein Sohn rausfiel."

* * * * * * * *

Was ist bei Schwarzen grundsätzlich länger als bei Weißen?
Die Haftstrafe.

„**M**eine Frau hat sich gestern Abend bei einem Unfall beide Beine gebrochen."
„Oh Gott, die Arme."
„Nein, die Beine."

* * * * * * * *

Nachdem ein Bauarbeiter vom Gerüst gestürzt und tödlich verunglückt ist, sucht der Chef einen Freiwilligen, der seine Ehefrau benachrichtig. Luigi meldet sich sofort und geht los. Nach einer Weile kommt er mit einer vollen Kiste Bier wieder zurück. „Wo hast du denn das Bier her?", will der Chef wissen. Luigi antwortet: „Ich ging zum Haus des Verstorbenen und begrüßte seine Frau mit: Guten Tag, sind Sie Witwe Schulz? Da sagte sie, dass sie keine Witwe sei. Darauf erwiderte ich: Wetten wir um eine Kiste Bier?"

* * * * * * * *

Rollstuhl-Witze gehen gar nicht!

Felix Baumgartner,
der zweite Österreicher,
der Gas zum Aufstieg nutzte.

* * * * * * * *

Da hat man einmal Sex mit dem heißesten Mädchen der Schule und schon redet gleich die ganze Stadt darüber.
Heinz (57), Grundschullehrer

* * * * * * * *

„**W**as hast du für ein Auto?“
„Einen Van.“
„Oh, also eine große Familie, oder?“
„Ähm... Ja genau,
eine große Familie...“

* * * * * * * *

Was ist nett?
Wenn man einem kleinen Jungen einen Tretroller schenkt.
Was ist gemein?
Wenn der Junge nur ein Bein hat.

Ein Blinder geht mit seinem Hund ins Kaufhaus. In der Sportabteilung packt er seinen Vierbeiner am Schwanz und wirbelt ihn über seinem Kopf im Kreis herum. Eine erschreckte Verkäuferin ruft: „Lassen Sie sofort den Hund in Ruhe!“ Darauf der Blinde: „Man wird sich doch wohl noch mal umsehen dürfen.“

* * * * * * * *

„**M**ama, schau mal. Ich habe dem Hamster das Tanzen beigebracht!“ „Ja super! Nimm jetzt das arme Tierchen bitte wieder von der heißen Herdplatte.“

* * * * * * * *

Ich habe nichts gegen Beamte. Die tun ja nichts!

* * * * * * * *

Was ist der Unterschied zwischen Chinesen und Japanern? Chinesen lächeln, Japaner strahlen.

Was ist ein Pole vor Gericht?
Schuldig.

* * * * * * * *

„**S**agen Sie mal, finden Sie auch, dass mein Sohn mir ähnlich sieht?"
„Ach, das sollten Sie nicht so tragisch nehmen. Hauptsache, er ist gesund."

* * * * * * * *

Was ist der Unterschied zwischen Bungee-Jumping und Tennis?
Beim Tennis hat man zwei Aufschläge.

* * * * * * * *

Die Zwillinge Thomas und Tobias bekommen ihre Geschenke zu Weihnachten. Thomas bekommt einen ganzen Berg von Geschenken, während Tobias nur eins bekommt.
„Sag mal Thomas, kann es sein, dass Mama und Papa dich viel mehr Lieb haben als mich?"
„Kann es sein, dass du Krebs hast?"

Der Arzt untersucht eine Patientin, die im Sterben liegt.
Er sagt zum Ehemann:
„Also Ihre Frau gefällt mir gar nicht…"
Antwortet dieser: „Mir auch nicht, aber es wird ja nicht mehr lange dauern, oder?"

* * * * * * * *

Warum darf sich die Dame auf dem Schachbrett bewegen wie sie will?
Weil das Schachbrett wie ein Küchenboden aussieht.

* * * * * * * *

Woran merkt man, dass man pleite ist?
Wenn sich die Sprache am Geldautomaten automatisch auf griechisch stellt.

* * * * * * * *

Titanic
Ein Film, der im Gegensatz zum Schiff, sehr gut in Amerika ankam.

Was bekommt man, wenn man menschliche DNA in eine Ziege tut? Hausverbot im Streichelzoo.

* * * * * * * *

Wie ich mir die 11880 merke?
11. September,
88ster Stock,
0 Chance.

* * * * * * * *

„**S**ag mal Papi, warum hab ich keine Geschwister?"
„Aus Fehlern lernt man."

* * * * * * * *

Ein Betrunkener kommt nach Hause und macht sich noch einen Tee. Im Bett fragt er seine Frau: „Haben Zitronen eigentlich kleine gelbe Füße?"
Sie antwortet genervt: „Nein."
„Oh, dann habe ich wohl gerade den Kanarienvogel in den Tee gedrückt."

Nach der Geburt im Kreissaal. Die Hebamme hält das Neugeborene an den Füßen hoch, zeigt es der Mutter, lässt es anschließend auf den Boden fallen und wirft es zum Schluss in den Mülleimer.
„Oh mein Gott! Warum haben Sie das getan?", schreit die Mutter entsetzt.
„Ach, war nur Spaß – war schon tot."

* * * * * * * *

„**I**st deine Frau durch die Schlammpackung wirklich schöner geworden?"
„Also zuerst schon, aber jetzt bröckelt das Zeug wieder ab."

* * * * * * * *

Beziehungsstreit:
Er: „Ich will die Trennung!"
Sie: „Ach, wer war immer für dich da, hat dir leckeres Essen gemacht und all deine sexuellen Wünsche erfüllt?"
Er: „Netflix, Burger King und deine Schwester."

Ein Deutscher und ein
Chinese spielen Ping Pong.
Sagt der Deutsche:
„Ich liebe Ping Pong."
Sagt der Chinese:
„Na, dann sag es ihr doch."

* * * * * * * *

Warum hat der Bundestag
eine Kuppel?
Schon mal ein Zirkus mit
Flachdach gesehen?

* * * * * * * *

Treffen sich zwei Piloten.
374 Tote.

* * * * * * * *

Die nächste Stufe der
Gesundheitsreform:
Ältere Männer mit Prostata-Problemen
werden nicht mehr behandelt.
Begründung:
Rentner haben Zeit zum Pinkeln.

An der Information im Krankenhaus:
„Wo liegt der Patient, der heute Morgen von einer Dampfwalze überfahren wurde?"
„Zimmer 234 bis 301."

* * * * * * * *

Treffen sich zwei Spermien.
Sagt die Eine:
„Wenn ich zuerst ankomme, dann werde ich ein Junge."
Sagt die Andere: „Pah! Ich bin zuerst da und ich werde ein Mädchen!"
Mischt sich ein Kuchenkrümel ein:
„Ihr Deppen werdet gar nix.
Ihr seid in der Speiseröhre."

* * * * * * * *

Ein Kaspertheater gastiert in einem Seniorenheim. Der Kasper fragt traditionell: „Seid ihr alle da?"
Die Alten antworten laut im Chor:
„Jaaaa!"
Sagt der Kasper:
„Aber nicht mehr lange."

„**I**ch gebe dir jetzt einen guten Rat mein Kind“, sagt die Mutter zu ihrer Tochter. „Heirate nur einen Soldaten. Der kann kochen, Betten machen, aufräumen und hat gelernt Befehle auszuführen.“

* * * * * * * *

Ein Ehepaar kommt in ein Möbelgeschäft und möchte ein Kinderbett kaufen.
Der Verkäufer fragt:
„Welche Farbe soll es denn haben? Lieber blau oder rosa?“
Antwortet der Mann: „Schwarz.
Es war eine Fehlgeburt.“

* * * * * * * *

Was grenzt an Dummheit?
Mexiko und Kanada.

* * * * * * * *

Halt doch endlich mal die Füße still!
Sonst bindet der Beton nicht ab.

Was ist grün-blau und
hat null Bock auf Sex?
Der Neuzugang im Frauenhaus.

* * * * * * * *

Er: „Schau, eine Sternschnuppe!
Wünsch dir was."
Sie: „Heirate mich!"
Er: „Ach, war bestimmt nur
ein Flugzeug."

* * * * * * * *

Als ich meiner 9-jährigen Tochter
erklärte, was ein Pädophiler ist, hatte
sie erst einmal zu schlucken.

* * * * * * * *

Ein Handwerker kommt in den Himmel.
Erbost beschwert dieser sich bei Petrus:
„Das muss ein Fehler sein,
ich bin doch erst 36 Jahre alt."
Verwundert prüft Petrus seine
Unterlagen: „Also nach den Stunden,
die Sie Ihren Kunden in Rechnung
gestellt haben, sind Sie bereits 94."

Nach der Untersuchung erkundigt sich der Arzt bei seinem Patienten: „Worauf können Sie eher verzichten, auf Wein oder auf Frauen?"
Darauf der Gefragte:
„Das kommt ganz auf den Jahrgang an."

* * * * * * * *

Was ist rot und schlecht für die Zähne?
Ein Ziegelstein.

* * * * * * * *

„**M**ami, hol mir bitte einen Keks."
„Hol dir doch selber welche."
„Aber Mami,
ich habe doch keine Arme."
„Tja, keine Arme – keine Kekse."

* * * * * * * *

Was ist der Unterschied zwischen einem Behinderten und meinen Witzen?
Über meine Witze lacht niemand.

Mami, warum sterben die
Menschen in unserer Familie
immer so unerwartet?
Mami? Mami? Maaaammiiiiii!

* * * * * * * *

Treffen sich zwei Rollstuhlfahrer. Der Eine hat unzählige Prellungen, Schürfwunden sowie ein blaues Auge im Gesicht. Fragt der eine:
„Sag mal, was ist denn mit deinem Gesicht passiert?"
„Ich war bei der Paralympics."
„Beim Boxen?"
„Nein, beim Hürdenlauf."

* * * * * * * *

Auf einer Poolparty treffen sich ein schwarzer und ein weißer Mann. Nach einigen Drinks steht der Weiße auf, zieht seine Hose aus, setzt sich an den Poolrand und meint:
„Das Wasser ist 22,4 Grad warm."
Der Schwarze macht es ihm nach und sagt: „Und genau 1,62 Meter tief."

Wenn ich dir jetzt Recht gebe,
liegen wir beide falsch.

* * * * * * * *

Ein Polizist funkt in die Zentrale:
„Wagen 34 an Zentrale."
„Ja, Wagen 34, ich höre, was ist los?"
„Wir haben einen Mordfall. Eine Frau hat ihren Mann erschossen, weil dieser über den frisch gewischten Boden gelaufen ist."
„Haben Sie die Frau festgenommen?"
„Nein, der Boden ist noch nicht trocken."

* * * * * * * *

„**S**ag mal, du hast doch die gleiche Wohnung wie ich. Wie viele Rollen Tapeten hast du damals für den Flur gekauft?"
Der Gefragte antwortet: „13 Rollen."
Eine Woche später:
„Du, von den 13 Rollen sind mehr als 7 übrig geblieben."
„Ja, das war bei mir damals auch so."

Die Lehrerin zur Klasse:
„Was können Frauen,
das Männer nicht können?"
Da ruft jemand aus der letzten Reihe:
„Ihre Tage haben. Kinder kriegen.
Nach dem Tod noch Sex haben."

* * * * * * * *

Kunstlehrerin:
„Viel Farbe, wenig Wasser."
Schüler: „Also wie in Afrika?"

* * * * * * * *

Das Leben ist wie Frankreich:
Da muss man durch.

* * * * * * * *

Nach einem Blick in die Kristallkugel
sagt die Wahrsagerin zu ihrer Kundin:
„Morgen wird Ihr Ehemann sterben."
Darauf antwortet die Frau ungehalten:
„Das weiß ich doch längst.
Mich interessiert, ob ich
freigesprochen werde."

Polen ist das einzige Land,
wo der Bumerang nicht zurückkommt.

* * * * * * * *

„**T**ut mir leid", sagt Petrus zu dem
jungen Mann am Himmelstor,
„Du musst schon eine gute Tat
vorweisen, sonst kann ich dich
hier nicht reinlassen".
Nach kurzem Überlegen sagt der
Mann: „Ich habe beobachtet, wie
eine Gruppe Rocker einer alten Frau
die Handtasche stehlen wollte. Da bin
ich hingegangen, habe das Motorrad
des Anführers umgeschmissen, ihm
ins Gesicht gespuckt und
seine Frau beleidigt."
„Ok, und wann war das?"
„So vor etwa drei bis vier Minuten."

* * * * * * * *

„**D**ie Schweinekoteletts sind voll lecker!
Mal probieren?"
„Nein danke, ich bin Jude."
„Keine Angst, die sind umsonst."

Was ist der Unterschied zwischen
Jogurt und Amerika?
Wenn man Joghurt 200 Jahre lang
alleine lässt, entwickelt sich eine Kultur.

* * * * * * * *

Mein Kumpel hat mir eben
gebeichtet, dass er Farbenblind ist.
Ratet mal, wer zu Weihnachten einen
Zauberwürfel bekommt.

* * * * * * * *

Ein altes afrikanisches
Sprichwort lautet:
„Ich habe Hunger."

* * * * * * * *

„**S**chatz, ich kann nicht schlafen."
„Das Böse schläft nie."

* * * * * * * *

„**H**err Doktor, Herr Doktor,
ich habe einen Knoten in der Brust!"
„Aber wer macht denn sowas?"

Was ist schlimmer,
Parkinson oder Alzheimer?
Im Grunde ist es egal, ob man sein Bier verschüttet oder ob man nicht mehr weiß, wo man es abgestellt hat.

* * * * * * * *

Was sagt ein arbeitsloser Akademiker zu einem berufstätigen Akademiker?
„Einmal Currywurst mit Pommes, bitte."

* * * * * * * *

„**Z**wei Kinokarten, bitte."
„Für den Hobbit?"
„Eigentlich ist das meine Freundin."

* * * * * * * *

Was sind die fünf dünnsten Bücher der Welt?
„Deutscher Humor"
„Stressbewältigung für Beamte"
„Amerikanische Kulturgeschichte"
„Kochrezepte aus Äthiopien" und
„Italienische Heldensagen".

Was ist der Unterschied zwischen einer alten Frau und einem runden Tisch?
An einem runden Tisch geht immer noch einer dran.

* * * * * * * *

Herr Müller hat sich bereits zum fünften Mal am Buffet bedient.
Da flüstert ihm seine Frau zu:
„Sei doch nicht so verfressen, was sollen denn die Leute von dir denken?“
Darauf antwortet er gelassen:
„Wieso von mir? Ich habe immer gesagt, es wäre für meine Frau.“

* * * * * * * *

Was ist in der Türkei das häufigste Geschenk zum Muttertag?
Rasiercreme.

* * * * * * * *

Glätte misst man in „Huch!“ pro Meter.

Womit bekommt man am besten Kaugummi aus dem Haar?
Mit Krebs.

* * * * * * * *

„**O**ma, warum liest du immer so lange die Todesanzeigen in der Zeitung?"
„Ich wollte wissen, wer wieder Single ist."

* * * * * * * *

Was steht auf dem Grabstein einer Putzfrau?
Sie kehrt nie wieder.

* * * * * * * *

Wo findet man über 60 Millionen Franzosenwitze?
In Frankreich.

* * * * * * * *

WhatsApp-Status einer Oma:
Kein Besuch, kein Erbe.

„**S**chatz, ist dir bewusst, dass du eines unserer Kinder unfair behandelst?"
„Welches? Zoe, Hanna oder die fette Hässliche?"

* * * * * * * *

Warum bekommen Frauen ab 50 nicht mehr ihre Tage?
Weil sie das Blut für ihre Krampfadern brauchen.

* * * * * * * *

Was ist rot und sitzt in der Ecke?
Ein Kind das mit einer Rasierklinge spielt.

* * * * * * * *

Der Frauenarzt zu seiner Patientin:
„Also Frau Huss, ich habe eine freudige Nachricht für Sie…"
Unterbricht die Patientin ihn schroff:
„Fräulein Huss, bitte!"
„Also Fräulein Huss, ich habe eine schlechte Nachricht für Sie..."

„**W**ir brauchen für unsere Band
noch einen Rassisten."
„Meinst du nicht Bassisten?"
- kurze Pause -
„Wie heißt der, der die
Rasseln schüttelt?"

* * * * * * * *

Fragt der 14-jährige Sohn seinen Vater:
„Du Vati, kann ich mal deine
Taschenlampe haben?"
Der Vater möchte wissen:
„Wozu brauchst du die denn?"
„Ich treffe mich später mit Freunden
und ein paar Mädchen im Park, um
ein wenig herumzuknutschen."
Meint der Vater versonnen:
„Also zu meiner Zeit konnten wir
das auch im Dunkeln machen."
Darauf der Sohn:
„Ja, so sieht Mama auch aus."

* * * * * * * *

Wie nennt man einen Polen ohne
Arme? Eine Vertrauensperson.

Was sagt der Priester zum
Ministranten?
„Es steckt ein guter Christ in dir."

* * * * * * * *

An der roten Fußgängerampel
begegnen sich eine dicke
und eine dünne Frau.
Meint die Dicke schnippisch:
„Also wenn man Sie so ansieht,
könnte man meinen, eine
Hungersnot sei ausgebrochen."
Darauf die Dünne:
„Und wenn man Sie so anschaut,
weiß man auch,
wer dafür verantwortlich ist."

* * * * * * * *

Zum 10. Hochzeitstag geht das Paar
schick im Restaurant essen.
Der Mann bekleckert sich und sagt:
„Mist, jetzt sehe ich aus
wie ein Schwein."
Darauf sie: „Und bekleckert hast du
dich auch noch."

Was ist der Unterschied zwischen Jesus und den Niederländern? Jesus machte aus Wasser Wein, die Niederländer machen aus Wasser Tomaten.

* * * * * * * *

„**S**ohnemann, ich habe all dein Spielzeug dem Kinderheim gespendet." Sohn: „Aber Papa, warum hast du das getan?" Vater: „Damit es dir dort nicht langweilig wird."

* * * * * * * *

Was ist grün und wird auf Knopfdruck rot? Frosch im Mixer.

* * * * * * * *

Was ist 30 Zentimeter lang, an der Spitze blau und bringt Frauen zum Schreien? Plötzlicher Kindstod.

Schon witzig,
dass Bildschirme schwarz sind,
wenn sie nicht arbeiten.

* * * * * * * *

Was ist der Unterschied zwischen
einer Frau und einem Tumor?
Ein Tumor kann gutartig sein.

* * * * * * * * * *

Wie viele Kinder braucht man, um ein
Haus rot anzumalen?
Kommt drauf an, wie hart man wirft.

* * * * * * * *

Die Mutter fragt ihren kleinen Sohn,
der durch das Schlüsselloch der
Mädchenumkleide im Schwimmbad
schaut, warum es ihn interessiert,
was die Mädchen da so machen.
Da antwortet der Sohn:
„Das interessiert mich nicht.
Ich frage mich nur,
was Papa da macht.“

„**H**err Doktor, wo bringen Sie
mich denn hin?“
„Ins Leichenschauhaus.“
„Aber ich bin doch
noch gar nicht tot!“
„Wir sind ja auch noch nicht da.“

* * * * * * * * * *

Beim Bäcker: „Das Ding da, bitte.“
Verkäuferin: „Das heißt Schnecke.“
„Okay Schnecke. Das Ding da, bitte.“

* * * * * * * *

Ich habe nie verstanden, wie man
beim Biathlon Zweiter werden kann.
Man hat doch ein Gewehr.

* * * * * * * *

Ein Mann steigt mit zwei Kästen Bier in
den Bus. Eine zickige alte Dame sagt:
„Ich wusste gar nicht, dass das
hier ein Lastentransport ist.“
Der Mann antwortet:
„Aber Leichenwagen stand
draußen auch nicht dran.“

Ich bekomme ständig Nachrichten wegen meinem Pit Bull, der am Wochenende vier Ausländer angefallen und übel zugerichtet hat. Zum letzten Mal:
Der ist nicht zu verkaufen!

* * * * * * * *

Bei der Erschaffung des Menschen:
Assistent: „Und? Ist er gut so?"
Gott: „Mach da unten rechts und links noch einen kleinen Zeh dran."
„Wofür das denn?"
Gott sagt: „Für die Möbel."
Der Assistent fragt verwundert: „Möbel?"
„Vertraue mir, das wird lustig."

* * * * * * * *

Zwei Jungen spielen mit einer Schrotflinte herum. Der Eine schaut tief in den Lauf als sich plötzlich ein Schuss löst. Meint der Andere: „Schau nicht so blöd, ich hab mich doch auch erschrocken."

In der Jugend sind alle
Glieder gelenkig,
bis auf eines.
Im Alter sind alle Glieder steif,
bis auf eines.

* * * * * * * *

„**M**ama, darf ich mit Papa spielen?"
„Nein, der bleibt da hängen,
bis die Polizei da ist."

* * * * * * * *

Was ist der Unterschied zwischen einer
schottischen Hochzeit und einer
schottischen Beerdigung?
Auf der Beerdigung gibt es einen
Säufer weniger.

* * * * * * * *

„**W**ie war deine Führerscheinprüfung?"
„Nicht gut. Ich bin durchgefallen."
„Warum das denn?"
„Ich habe einen
Geisterfahrer überholt."

Was ist ein Einarmiger mit
einem Kartenspiel?
Mission Impossible.

* * * * * * * *

Unterhalten sich zwei Ärzte:
„Heute haben wir einen auf die Station bekommen, der hat einfach alles: Syphilis, Aids, Herpes, Krebs, Cholera, Hepatitis, Gelbfieber, Malaria,..."
Will der andere Arzt interessiert wissen:
„Und was macht ihr mit dem?"
„Morgens bekommt er einen Toast, am Mittag eine Pizza und am Abend ein großes Omelette."
„Und das hilft?",
will der andere Arzt wissen.
„Nein, aber das lässt sich unter der Tür durchschieben."

* * * * * * * *

Was macht man, wenn ein Epileptiker in der Badewanne einen Anfall hat?
Man gibt schnell Wäsche und Waschpulver hinzu.

Ein Mann hat einen platten Reifen
und ruft seinen Freund an:
„Hey, kannst du mir helfen?"
„Was ist denn passiert?"
„Ich bin doch echt über eine
Wodkaflasche gefahren und
habe jetzt einen Platten."
„Wie konntest du die denn
bitte übersehen?"
„Die muss der Russe noch in seiner
Tasche gehabt haben."

* * * * * * * *

„**D**u Papa, was ist ein Alkoholiker?",
will der kleine Ben wissen.
„Siehst du die vier Bäume da?
Ein Alkoholiker sieht da acht."
„Aber da stehen doch nur zwei."

* * * * * * * *

„**P**olizeikontrolle, zeigen Sie bitte
Ihren Verbandskasten!"
„Hat der Herr Polizist ein Aua?"
„Nehmen Sie mich auf den Arm?"
„Oh, so schlimm ist es?"

Warum sind
Gleichstellungsbeauftragte
immer weiblich?
Weil es billiger ist.

* * * * * * * *

Sagt der Zahnarzt zum Patienten:
„Sie brauchen eine Krone."
Antwortet der Patient:
„Endlich jemand, der mich versteht."

* * * * * * * *

Im Übrigen finde ich es nicht
in Ordnung, an Weihnachten im
Seniorenheim „Last Christmas"
zu spielen.

* * * * * * * *

Ich habe meinem Sohn
beigebracht, wenn jemand fragt:
„Na, wie heißt das Zauberwort?" mit
„Paragraph 985 BGB
Herausgabeanspruch!"
zu antworten.

„**S**ag mal Mama, wolltest du damals
eigentlich lieber einen Jungen
oder ein Mädchen?"
„Ich wollte genau genommen
einen Film gucken."

* * * * * * * *

„**G**uten Tag. Wir sammeln für das
städtische Kinderheim."
„Einen kleinen Moment bitte.
Kevin! Kommst du mal."

* * * * * * * *

„**U**nd jetzt die Radfahrer umfahren."
Axel, Fahrlehrer, betont Wörter
hoffentlich richtig.

* * * * * * * *

Unterhalten sich zwei Freunde:
„Meine Frau und ich waren 20 Jahre
lang glückliche Menschen."
„Und was ist dann passiert?",
erkundigt sich der andere.
„Dann haben wir uns kennengelernt."

Was ist braun und klopft
an die Scheibe?
Baby im Backofen.

* * * * * * * *

Die Wahrsagerin entsetzt zu
ihrem Kunden:
„Ich sehe Schreckliches in
Ihren Handlinien.
Man wird sie töten, kochen
und essen…"
„Augenblick", unterbricht
sie der Kunde,
„Ich ziehe nur schnell meine
Schweinslederhandschuhe aus."

* * * * * * * *

Idealgewicht einer Schwiegermutter?
3,6 Kilogramm – mit Urne.

* * * * * * * *

Manchmal ist es einfach leichter
die Nachbarn anstatt das
Kriegsbeil zu begraben.

Das Baby schreit unaufhörlich:
„Wie heißt denn der Kleine?
„Ilias."
„Halts Maul, Ilias!"

* * * * * * * *

Wieso versteht sich Nike so gut mit dem französischen Militär?
In Kriegszeiten ist die französische Armee der größte Abnehmer von Laufschuhen.

* * * * * * * *

„**I**hre Frau hat aber einen sehr merkwürdigen Akzent.
Wo kommt sie denn her?"
„Vom Glühweinstand."

* * * * * * * *

„**L**iebst du die Natur?", will Tim von seinem Klassenkameraden wissen.
„Na klar", antwortet dieser.
„Das wundert mich aber. Nach all dem, was sie dir angetan hat..."

Alle Menschen haben
die gleichen Rechte.
Ausnahmen kriegen die Regel.

* * * * * * * *

„**H**aben Sie auf dem Weg nach Italien
auch den Brenner überfahren?"
„Ja, wir haben einen überfahren,
aber ob der Brenner hieß…?"

* * * * * * * *

Wie nennt man einen
Strichcode in Äthiopien?
Familienfoto.

* * * * * * * *

Die Ehefrau ruft ihren Mann an:
„Schatz, das Auto fährt nicht."
„Maus, wenn ich nicht dabei bin
musst du links sitzen."

* * * * * * * *

Wie nennen Vegetarier den Beischlaf?
Bestäubung.

Beim Sex im Bett:
„Woran denkst du?“
„Kennst du nicht.“

* * * * * * * *

Ich wollte eine Senioren-Sportgruppe
gründen, aber der Name
„Turne bis zur Urne“
kam dann doch nicht so gut an.

* * * * * * * *

Warum sind französische
Pornos so kurz?
Weil dort niemand so lang
die Stellung halten kann.

* * * * * * * *

Was sagt man zu einem Türken
mit Krawatte?
„Ein Big-Mac und eine Cola, bitte.“

* * * * * * * *

Witze über Tofu
finde ich geschmacklos.

„**D**u Papa, was ist ein Transvestit?“
„Da musst du Mutti fragen,
der weiß das.“

* * * * * * * *

Der beste Shirt-Spruch
für ein 3-jähriges Kind:
Der Weihnachtsmann existiert nicht,
aber das ist okay,
denn ich kann nicht lesen.

* * * * * * * *

Ein deutscher Geschäftsmann
will bei einer Schweizer Bank
ein Konto eröffnen.
„Wie viel wollen Sie denn einzahlen?“,
fragt der Bankangestellte.
Flüstert der Mann: „Zwei Millionen…“
Beruhigt ihn der Angestellte:
„Sie können ruhig laut sprechen, in der
Schweiz ist Armut keine Schande.“

* * * * * * * *

„**W**ollen wir ein Tischgebet sprechen?“
„Wieso, wer hat denn gekocht?“

Hakim beklagt sich beim Arzt:
„Beim Sex tun mir immer
die Augen weh."
„Nun", meint der Arzt,
„das mag am Pfefferspray liegen."

* * * * * * * *

„**D**u siehst besser aus,
wenn du keine Brille trägst."
„Danke, du siehst auch besser aus,
wenn ich keine Brille trage."

* * * * * * * *

Als die Frau mit den großen
Brüsten Herr Müller im Aufzug
bat die Zwei zu drücken,
ist es irgendwie eskaliert.

* * * * * * * *

Die Deutsche Post hat die
Briefmarke von Angela Merkel
wieder abgeschafft.
Die Leute haben ständig die falsche
Seite der Briefmarke bespuckt.

„**M**ama, warum bekomme ich meine Weihnachtsgeschenke schon im September?"
„Weil es billiger ist als die Chemotherapie."

* * * * * * * *

Wie nennt man einen schwulen Franzosen?
Franzose.

* * * * * * * *

Auf dem Flug von Hannover nach Malta macht sich der Pilot einen Spaß und schaltet das Mikrofon an und sagt:
„Und mit dem Jochen Schweizer Gutschein darf ich die Kiste jetzt wirklich ganz alleine fliegen?"

* * * * * * * *

Alles ist gut, solange du wild bist.
Außer bei einem Wildunfall.
Da ist es schlecht, wenn du Wild bist.

Kinderhelden sind ja oft unrealistisch:
Benjamin Blümchen:
Ein sprechender Elefant.
Bibi Blocksberg:
Ein hexendes Kind.
Aber bei Bob der Baumeister haben
sie echt übertrieben:
Ein pünktlicher und motivierter
Handwerker?

* * * * * * * *

Warum reisen siamesische Zwillinge
so gerne nach England?
Damit der andere auch
mal fahren darf.

* * * * * * * *

Abschließend will der Lehrer wissen:
„Gibt es noch Fragen zum
American Dream?"
„Gibt es auch sowas wie einen
deutschen Traum?"
Der Lehrer antwortet:
„Gab es mal, den fanden die anderen
Länder aber nicht so gut."

Warum bekommen Männer
keine Cellulite?
Weil's scheiße aussieht.

* * * * * * * *

„**I**ch glaube im Bier sind
weibliche Hormone",
meint Jens in der Bar zu
seinem Kumpel.
„Immer wenn ich zu viel davon trinke,
kann ich nicht mehr Auto fahren."

* * * * * * * *

Fragt der Ehemann seine
Frau, die sich im Bad fertig macht:
„Soll das Schminke sein oder
hast du beim Paintball verloren?"

* * * * * * * *

„**D**as ist aber ein kräftiger Hund.
Kann er auch was?"
„Er kann sehr gut amputieren."
„Sie meinen apportieren?"
„Leider nein."

„**S**chatz, ich habe dir
Kuchen gebacken
um mich zu entschuldigen,
weil ich mit deinem Auto
einen Unfall gebaut habe."
„Was hast du gemacht?"
„Dir Kuchen gebacken."

* * * * * * * *

Was ist blau, hat 21 Brüste
und 13 Hoden?
Ein Müllsack vor der Krebsklinik.

* * * * * * * *

„**P**olizei! Aufmachen!"
„Ich will keine Eier kaufen."
„Wir haben keine Eier!"
„Ich weiß."

* * * * * * * *

Noch zwei Pakete für den
Nachbarn annehmen und ich
habe alle Geschenke
für Weihnachten zusammen.

Ich habe meinem Kumpel erzählt, dass mein Vater schwerhörig ist und er deswegen langsam und laut reden soll.
Meinem Vater habe ich erzählt, dass mein Kumpel geistig etwas zurückgeblieben ist.
Das war ein Spaß!

* * * * * * * *

Er: „Immer wenn ich ein dummes Gesicht sehe, muss ich lachen."
Sie: „Stört dich das nicht beim rasieren?"

* * * * * * * *

Der beste Ort, um mit einer Freundin Schluss zu machen, ist McDonalds.
Keine Messer, keine Gabel und keine Teller.
Und im Fall der Fälle kann man sich immer noch hinter einem dicken Kind verstecken.

„**W**as hindert dich eigentlich daran,
einfach du selbst zu sein?“
„Das Strafgesetzbuch.“

* * * * * * * *

„**W**as ist Betrug?“, fragt der
Professor den Jurastudenten.
„Betrug ist, wenn Sie mich
durchfallen lassen.“
„Wieso das denn?“
„Weil sich nach dem Strafgesetzbuch
derjenige des Betruges schuldig
macht, der die Unwissenheit
eines Anderen ausnutzt, um
diesen zu schädigen.“

* * * * * * * *

Was ist ein Pädophiler hinter
einem Busch?
Kinderüberraschung.

* * * * * * * *

Das Beste an der Muttermilch
ist die Verpackung.

Was ist ein Leprakranker
in einer Kanone?
Konfetti.

* * * * * * * *

„**W**illst du mich auf den
Arm nehmen?“,
schimpft die Frau mit ihrem Mann.
„Sehe ich aus wie Hulk?“

* * * * * * * *

„**S**chatz, was schaust du da?“
„Eine Kochshow.“
„Du kannst doch gar nicht kochen.“
„Na und?“, meint sie,
„Du schaust doch auch Pornos.“

* * * * * * * *

Zwei Polizeibeamte finden vor
Einem Gymnasium eine Leiche.
Fragt der eine seinen Kollegen:
„Du, wie schreibt man Gymnasium?“
Der andere überlegt und sagt:
„Schleppen wir sie zur Post!“

Das schlimmste am rückwärts
Einparken sind die Zeugen.

* * * * * * * *

Aftershave ist nicht das
Gegenteil von Mundwasser.

* * * * * * * *

Analverkehr ist wie Spinat essen:
Man mag es nicht, wenn man
als Kind dazu gezwungen wurde.

* * * * * * * *

Eine Frau betritt den Laden und
fragt die Verkäuferin:
„Welche Kosmetikartikel würden
Sie mir für mein Gesicht empfehlen?"
Antwortet die Verkäuferin:
„Eine Tüte."

* * * * * * * *

Was ist der Unterschied zwischen
einem Polen und einem Arzt?
Der Pole weiß was dir fehlt.

„**S**oldat!“
„Ja, Sir!“
„Ich habe Sie heute nicht
beim Tarnungs-Training gesehen!“
„Danke, Sir!“

* * * * * * * *

Der Bachelor in Saudi-Arabien,
erste Folge:
„Ich nehme alle!“
Ende.

* * * * * * * *

„**P**apa, was ist ein Vaterschaftstest?“
„Sowas ähnliches wie
ein Unfallbericht.“

* * * * * * * *

„**H**allo, Polizei?
Bitte kommen Sie schnell vorbei,
da kämpfen zwei Frauen
ganz wild um mich?“
„Und wo ist das Problem?“
„Die Dicke gewinnt.“

Fragt das Kind bei der Hochzeit:
„Mama, warum trägst du weiß?“
„Weil das der glücklichste Tag
meines Lebens ist.“
„Und warum trägt Papa schwarz?“

* * * * * * * *

Du bist reizend,
aber das ist WC-Reiniger auch.

* * * * * * * *

„**S**ag mal Schatz, du warst doch
letztes Jahr in der Schweiz
zum Forellen angeln, oder?“
„Ja, warum?“
„Eine von deinen Forellen hat
gerade angerufen,
sie laicht bald.“

* * * * * * * *

Der Australier fragt einen Österreicher:
„Haben Sie auch Kängurus?“
„Was ist das?“
„Tiere, die auf dem Schwanz sitzen.“
„Achso, die heißen bei uns Filzläuse.“

Ich will nicht sagen,
dass du langweilig bist.
Aber wärst du ein Gewürz,
wärst du Mehl.

* * * * * * * *

Drei Worte, die man beim
Sex nie hören will:
„Schatz, bin Zuhause.“

* * * * * * * *

Sie: „Tut mir leid, ich
habe einen Freund.“
Er: „Und? Ich habe einen
Fernseher, gehe aber
trotzdem ins Kino.“

* * * * * * * *

Feminismus hat ein Ende,
wenn der Richtige da ist.
Kommunismus endet bei
2.500 Euro netto und
Atheismus, wenn das
Flugzeug vibriert.

Was bringt eine Frauenrunde
zum Schweigen?
Einfach sagen:
„Jetzt reden alle der Reihe nach
und die Älteste fängt an."

* * * * * * * *

Was haben ein Hund und ein
kurzsichtiger Frauenarzt gemeinsam?
Eine feuchte Nase.

* * * * * * * *

Manche fahren so langsam Auto,
dass die Insekten hinten auf der
Heckscheibe aufschlagen.

* * * * * * * *

Ein Ehepaar geht spazieren.
Die Vögel auf dem Gehweg
hüpfen nur beiseite.
Da meint er zu seiner Frau:
„Schau nur, selbst die Vögel
sehen dir deine
Unsportlichkeit an."

Der Vater zu seinem kleinen
dicken Sohnemann:
„Das Runde muss ins Eckige."
Der Sohn versteht nichts...
„Ab ins Bett mit dir!"

* * * * * * * *

Es heißt immer:
Lebe deinen Traum.
Habe ich gemacht.
Brauche jetzt wohl einen Anwalt.

* * * * * * * *

„**L**ieber Gott, man sagt,
du siehst alles.
Also auch ARD und ZDF.
Bitte fülle anbei liegendes
Formular aus.
Hochachtungsvoll, deine GEZ

* * * * * * * *

Wer noch glaubt, dass die
Volksvertreter das Volk vertreten,
der glaubt auch,
dass Zitronenfalter Zitronen falten.

Es gibt Menschen, die sind so humorbehindert, die könnten direkt Pflegestufe 5 beantragen.

* * * * * * * *

„**O**ch Oma, das Brot ist
Schon total hart."
„Damals, im Krieg, hätten wir
uns drüber gefreut!"
„Ja, da war es ja auch noch frisch."

* * * * * * * *

Der Pfarrer im Religionsunterricht:
„Heute erzähle ich euch etwas
über die Erschaffung des
ersten Menschen."
Darauf der kleine Florian:
„Mich interessiert mehr die
Erschaffung des dritten Menschen."

* * * * * * * *

Oma und Opa beim Abendessen:
Sie: „Mir ist so warm ums Herz."
Meint er: „Deine linke Brust
hängt in der Suppe."

Mittlerweile sind so viele Musiker
im Himmel, dass Jungfrauen wirklich
blöd wären, wenn sie mit einem
Selbstmordattentäter ins Bett gehen.

* * * * * * * *

Bio ist nichts für mich.
In meinem Alter sollte man alle
Konservierungsstoffe mitnehmen,
die man bekommen kann.

* * * * * * * *

Woran merke ich eigentlich, dass
mein Sumsang Handy gefälscht ist?

* * * * * * * *

Zwei Nachbarn unterhalten sich
bei der Gartenarbeit:
„Hast du keine Angst, dass dir die
Vögel die ganze Saat wegfressen?
Vielleicht stellst du lieber
eine Vogelscheuche auf."
„Keine Sorge, meine Frau ist sehr
oft im Garten."

Die Grenze zwischen Himmel und Hölle ist von Unbekannten beschädigt worden. Der Teufel schickt folgende Nachricht an die Engel:
„Unsere Rechtsanwälte hier unten sagen, dass der Himmel für die Reparaturkosten aufkommen muss."
Die Antwort der Engel lautet:
„Müssen wir wohl, da wir hier oben keine Anwälte finden konnten."

* * * * * * * *

„**M**ama, stimmt es, dass der Mensch, wenn er Tod ist, wieder zu Staub zerfällt?"
„Ja, mein Schatz."
„Oh nein, dann ist unter meinem Bett einer gestorben."

* * * * * * * *

„**S**chatz, macht mich das Kleid fett?"
„Nein, mein Liebling."
„Aber ich sehe doch fett darin aus!"
„Ich kann keine aktive Rolle des Kleides daran erkennen."

Wie überrascht man am
besten einen Blinden?
Man lässt den Pömpel
im Klo stecken.

* * * * * * * *

Was haben schwarze Kinder,
was weiße Kinder nicht haben?
Hunger.
Nein Spaß… HIV.

* * * * * * * *

Ein Einbruch ist wie eine Batterie,
er wird von Polen geleitet.

* * * * * * * *

„**D**u bist der eifersüchtigste
Mann, den ich kenne!“
„Haaa, ich wusste es!
Du kennst also mehrere!“

* * * * * * * *

Was ist die Mehrzahl von Frau?
Putzkolonne.

Fragt die Mitarbeiterin im Heim für behinderte Kinder ihre Kollegin, was das Kind ohne Hände letzte Woche zu Weihnachten bekommen hat. Diese antwortet: „Handschuhe! Nein, Spaß. Ich weiß es nicht, er hat es noch nicht ausgepackt."

* * * * * * * *

Würden alle Menschen zur gleichen Zeit einen Joint rauchen, gäbe es zwei Stunden Weltfrieden, gefolgt von einer globalen Lebensmittelknappheit.

* * * * * * * *

Wenn ich Leute neu kennenlerne, muss ich mich mit meinem Humor immer erst dosiert an ihr Empfindlichkeitslevel tasten.

* * * * * * * *

Warum finden Männer Frauen in Lack und Leder so erregend? Sie riechen wie ein neues Auto.

Was machen Kannibalen aus Ärzten?
Hot Docs.

* * * * * * * *

„**P**apa, stimmt es, dass in einigen Ländern Männer ihre Frauen erst nach der Hochzeit kennenlernen?"
„In jedem Land mein Sohn. In jedem."

* * * * * * * *

Polizist:
„Ist Ihr Auto Verkehrstauglich?"
Antwortet der Angehaltene:
„Klar, einfach die Rückbank umklappen."
Polizist:
„Straßenverkehrstauglich..."

* * * * * * * *

Ein Baumhaus ist die ultimative Beleidigung für einen Baum:
„Ich hab deinen Freund getötet, hier, halt mal."

„**D**ie Jugend von heute immer
mit ihren Ballerspielen.
Früher haben wir die Leute noch an
der frischen Luft erschossen!"
„Opa, bitte..."

* * * * * * * *

Wenn du genau neun Monate nach
deinem Vater Geburtstag hast,
weißt du, deine Mutter hatte
kein Geschenk.

* * * * * * * *

„**P**olizeikontrolle. Sie sind 50 km/h
zu schnell gefahren."
Öffnet der betrunkene Beifahrer
das Handschuhfach und brüllt:
„Brücke an Maschinenraum.
Weniger Kohlen, wir sind zu schnell."

* * * * * * * *

Viele sagen „Nein" zu Drogen.
Ich denke, wenn man schon
mit Drogen spricht,
ist es eh schon zu spät.

Kind zum Arzt:
„Wie alt bist du?"
„54 Jahre, mein Kleiner."
„Haha, alter Knacker!"
„Naja, du stirbst trotzdem vor mir."

* * * * * * * *

„**H**ast du endlich eine feste Freundin?"
„Nein, immer noch die Wabbelige."

* * * * * * * *

„**M**it Hermes versandt"
heißt im Klartext:
Wir haben es einer
Weinbergschnecke auf den
Rücken gebunden und
wünschen toi, toi, toi.

* * * * * * * *

Im Operationssaal:
„Beginnen Sie jetzt bitte mit
der Anästhesie."
„Privat- oder Kassenpatient?"
„Kasse."
„Schlaf, Kindlein schlaf,…"

Ein Mann bezüglich
seiner Rückenschmerzen:
„Hexenschuss kann es nicht sein,
die schießen nicht auf ihr
eigenes Personal.“

* * * * * * * *

„**H**err Doktor, wie stehen meine
Chancen?“, will der Patient wissen.
Darauf der Arzt: „Ach wissen Sie,
ich mache die Operation nun
schon zum 97. Mal...“
„Na, dann bin ich ja beruhigt.“
„Eben, einmal muss es ja gut gehen.“

* * * * * * * *

Was sucht ein Einarmiger in der Stadt?
Einen Second Hand Shop.

* * * * * * * *

Arbeitskollege zum stolzen Vater:
„Was macht Ihre kleine Tochter?“
„Die läuft schon seit zwei Wochen.“
„Na, dann müsste sie ja bald
in Hamburg angekommen sein.“

„Sag mal Tim, warum bewirfst du denn den Jungen da drüben mit Steinen?"
„Ich darf nicht näher rangehen. Der hat Keuchhusten."

* * * * * * * *

Was haben Schwule und Zahnstocher gemeinsam? Beide stochern in Essensresten herum.

* * * * * * * *

„Ist dort die Feuerwehr? Es Brennt!"
„Ok, wie kommen wir denn zu Ihnen?"
„Haben Sie nicht mehr diese großen, roten Autos?"

* * * * * * * *

Jürgen wird in der Nacht von Freitag auf Samstag von der Polizei angehalten. Fragt der Polizist: „Guten Abend mein Herr, sind Sie mit einem Alkoholtest einverstanden?"
„Kommt drauf an. Was haben Sie denn da?"

„**W**enn das euer Vater wüsste“,
sagt die Henne zu ihren Küken,
„er würde sich im Grill umdrehen.“

* * * * * * * *

Ein 82-jähriger Mann geht in die
Beichte und tut Buße:
„Ich habe mit einer 18-jährigen
Blondine geschlafen.“
Meint der Pfarrer:
„Du sollst beichten und
nicht angeben.“

* * * * * * * *

Fragt der Arzt den Patienten:
„Wollen Sie zuerst die gute oder die
schlechte Nachricht hören?“
Meint der Patient: „Die Gute.“
„Wir werden die Krankheit nach
Ihnen benennen.“

* * * * * * * *

Woran erkennt man einen
reichen Äthiopier?
An der Rolex um seinen Bauch.

Nachdem der Ehemann die Preise auf der Speisekarte gesehen hat, fragt er seine Frau: „Und was möchtest du mein Moppelchen?"

* * * * * * * *

„**D**u Mami, was passiert eigentlich mit einem Auto, wenn es alt ist und nicht mehr fahren kann?", will der kleine Karl wissen. Antwortet die Mutter: „Dann kommt ein cleverer Autohändler und verkauft es deinem Vater."

* * * * * * * *

Warum ist schwarzer Humor so unbeliebt?
Weil er schwarz ist.

* * * * * * * *

„**I**ch bin auf der Suche nach dem Mörder meiner Frau."
„Oh mein Gott!
Ihre Frau wurde ermordet?"
„Nein! Ich sagte doch,
ich suche noch."

Stromausfall auf der
öffentlichen Toilette.
Die Besucher sind
sichtbar angepisst.

* * * * * * * *

Was machen Schwaben,
wenn es kalt ist?
Sie setzen sich im Kreis um
ein Teelicht.
Was machen Schaben,
wenn es richtig kalt ist?
Sie zünden das Teelicht an.

* * * * * * * *

Man hat mir beigebracht, dass man
sich duzt, wenn man sich mag.
Ich finde das sollten Sie wissen.

* * * * * * * *

Was ist der Unterschied zwischen
einem Optimisten und
einem Pessimisten?
Der Optimist lernt Englisch,
der Pessimist Arabisch.

Was spielen Kinder in Kriegsgebieten
auf einem Minenfeld?
Wer suchet, der findet;
Wer drauf tritt, verschwindet.

* * * * * * * *

Kommt einer in eine
Hip-Hop Disco in Harlem und fragt:
„Hat es hier gebrannt?“

* * * * * * * *

Was haben Eltern und
Tiefkühlpizza gemeinsam?
Sind sie schwarz,
gibt es nichts zu essen.

* * * * * * * *

Wie nennt man ein Kondom
mit einem Loch?
Kinderüberraschung.

* * * * * * * *

Was ist ein Frosch ohne Schenkel?
Langsam.

Ein armer zerlumpter Bettler sitzt
am Straßenrand. Eine dicke Frau
kommt vorbei und er sagt:
„Bitte, ich habe seit Tagen
nichts gegessen."
Sagt die Frau:
„Na, Ihren Willen möchte ich haben."

* * * * * * * *

Was ist eine schwangere Frau,
die ein Mädchen bekommt?
Ein komplettes Putzset.

* * * * * * * *

Fragt der eine Ehemann einen
anderen Ehemann:
„Wohin schaust du zuerst,
wenn du eine schöne Frau siehst?"
„Ob meine guckt."

* * * * * * * *

Denk immer dran:
Du bist nicht wertlos,
Organe sind sehr teuer auf dem
Schwarzmarkt.

„**M**ama, ich hab dich lieb!“
„Oh danke, sag das doch auch mal Papa, dann freut er sich.“
„Papa, ich hab die Mama lieb.“

* * * * * * * *

Patrick nimmt in der Nacht einen Anhalter mit. Fragt dieser: „Haben Sie keine Angst, dass ich ein Mörder sein könnte?“
„Nein. Die Chance, dass gleich zwei Mörder zur selben Zeit im selben Auto sitzen, ist sehr unwahrscheinlich.“

* * * * * * * *

In der S-Bahn ertönt plötzlich lautes Babygeschrei.
Eine junge Frau holt ihr Handy raus, beendet den Alarm und nimmt die Pille.

* * * * * * * *

Warum haben Blinde in ihrer Wohnung keine Raufasertapeten?
Sie würden sich sonst daran totlesen.

Unterhalten sich zwei Freundinnen:
„Wow, dass du deinem Mann in
eurem Alter noch Knutschflecke
verpasst, finde ich irgendwie toll."
„Das sind keine Knutschflecken.
Das sind Würgemale."

* * * * * * * *

„**H**at dir heute eigentlich schon
jemand gesagt, wie schön du bist?"
„Oh, nein."
„Denk mal drüber nach!"

* * * * * * * *

„**E**inen Döner, bitte."
„Mit alles?"
„Dativ!"
„Haben wir nicht."
„Dativ! Es heißt: Mit allem."
„Allem hat heute frei."

* * * * * * * *

Was steht auf dem Grabstein
einer alten Jungfer?
Ungeöffnet zurück.

Umfahren ist das Gegenteil
von umfahren.

* * * * * * * *

Dürfen Mitarbeiter der
Deutschen Bahn eigentlich mit dem
Zug zur Arbeit fahren oder sollen
sie pünktlich da sein?

* * * * * * * *

Beim ersten Daten im Restaurant
erzählt er ihr:
„Ich verbringe sehr viel Zeit draußen."
Sie fragt interessiert:
„Oh, bist du ein Naturfreund?
„Nein, Raucher."

* * * * * * * *

Die Ehefrau studiert das
Horoskop ihres Mannes:
„Siehst du", ruft sie,
„wärst du nur zwei Tage
früher geboren, wärst du
freundlich, nachsichtig, liebevoll
und hilfsbereit."

Sagt die Patientin zum Arzt:
„Ich weiß nicht, was schlimmer ist:
Die Behandlung mit dem Bohrer
oder ein Kind zu bekommen."
Meint der Arzt:
„Sie sollten sich aber schon
entscheiden, weil ich den Stuhl
entsprechend einstellen muss."

* * * * * * * *

„**O**pi", fragt der kleine Christopher,
„warum stehen auf den Siegessäulen
eigentlich immer nur Frauen?"
Antwortet der Großvater:
„Junge, das wirst du erst verstehen,
wenn du selbst verheiratet bist."

* * * * * * * *

Ein Kunde verlangt in der Zoohandlung
10 Ratten. Der Verkäufer fragt:
„Wofür brauchen Sie denn 10 Ratten?"
Darauf der Kunde: „Ich habe meinen
Mietvertrag gekündigt und ich muss
die Wohnung so verlassen, wie ich sie
vorgefunden habe."

Zwei Freunde baden im See und sehen plötzlich, dass in der Mitte jemand um Hilfe schreit. Beherzt schwimmt der eine hin. Er muss schon mehrmals tauchen, bekommt ihn dann aber endlich zu fassen und beginnt an Land sofort mit der Mund-zu-Mund Beatmung. Da meint sein Kumpel: „Sicher das du den Richtigen hast?“ Fragt der andere: „Hä? Wieso?“ „Na, guck doch mal, der hat noch Schlittschuhe an.“

* * * * * * * *

Was ist ein Leprakranker mit grauen Haaren? Eine Pusteblume.

* * * * * * * *

Er fragt seine Freundin: „Hast du auch mit anderen Männern geschlafen?“ Antwortet sie: „Nein, bei denen war ich wach.“

Warum hat Mexiko keine
Olympiamannschaft?
Alles was laufen, springen und
schwimmen kann,
ist schon über der Grenze.

* * * * * * * *

Unterhalten sich zwei Nachbarn:
„Früher wohnte meine
Schwiegermutter nur einen
Steinwurf entfernt."
„Und warum ist sie weggezogen?"
„Ich habe sie wohl zu oft getroffen."

* * * * * * * *

Warum haben Männer O-Beine?
Unwichtiges wird in Klammern gesetzt.

* * * * * * * *

„**M**ama, Mama, darf ich
jetzt Baden gehen?"
„Nein mein Schatz,
die Flut kommt gerade"
„Aber Papa badet doch auch."
„Der darf das, der ist versichert."

Bigamie bedeutet, eine Frau
zu viel zu haben.
Monogamie im Übrigen auch.

* * * * * * * *

Warum haben Frauen zwei Beine?
Schon mal die Sauerei
bei Schnecken gesehen?

* * * * * * * *

Gott schuf den Mann und sagte:
„So ästhetisch, die Proportionen,
dieser Körperbau. Ich habe
mich selbst übertroffen."
Gott schaut die Frau an:
„Naja, du musst dich halt schminken."

* * * * * * * *

„**W**arum so trübsinnig?", erkundigt sich
Markus bei seinem Freund.
Dieser antwortet mit schwerer Stimme:
„Ach, ich wollte meinen Kummer
ertränken, aber ich konnte meine Frau
einfach nicht dazu bringen,
ins Wasser zu gehen."

Der Vater versucht, seinen seit Kurzem verheirateten Sohn zu trösten: „Alle jungen Ehepaare streiten sich von Zeit zu Zeit. Auch deine Mutter und ich hatten einige ernsthafte Meinungsverschiedenheiten, bevor wir erkennt haben, dass ich grundsätzlich im Irrtum bin."

* * * * * * * *

Seit dem Beitritt zur EU nennen sich die Einwohner Lettlands stolz Europaletten.

* * * * * * * *

Warum kommen Handwerker nicht in den Himmel? Weil sie die Anfahrt extra berechnen.

* * * * * * * *

„**S**tatt dich hätte ich lieber den Teufel heiraten sollen!", schimpft die Ehefrau. Sagt er: „Ehe unter Geschwistern ist aber verboten."

Warum täuschen so viele Frauen einen Orgasmus vor?
Weil sie glauben, dass sich irgendjemand dafür interessiert.

* * * * * * * *

Unterhalten sich zwei Männer:
„Wenn ich mit deiner Frau schlafe, sind wir dann Feinde?"
„Nein."
„Sind wir dann Freunde?"
„Nein."
„Was sind wir dann?"
„Quitt."

* * * * * * * *

„**S**chatz", fragt der Ehemann, „wen ziehst du vor? Einen hübschen oder einen klugen Mann?"
Antwortet die Frau:
„Weder noch. Ich liebe nur dich."

* * * * * * * *

Was hat ein Mann ohne Beine?
Erdnüsse.

Ein Fahrgast im Taxi möchte den Fahrer etwas fragen und tippt diesem auf die Schulter. Der Fahrer schreit laut, springt aus dem Taxi und verschwindet hinter einem Baum. Erst nach fünf Minuten kommt er zurück zum Auto und erklärt dem Fahrgast verlegen: „Bitte entschuldigen Sie, aber normalerweise fahre ich Leichenwagen."

* * * * * * * *

„**M**ama, warum ist das Internet schon wieder so langsam?" „Also entweder lädt dein Bruder Pornos runter oder deine Schwester lädt wieder welche hoch."

* * * * * * * *

Was haben Revolver und Windows 10 gemeinsam? Ungeladen sind beide völlig harmlos.

„**H**aben Sie den Einbruch so begangen, wie ich ihn eben geschildert habe?“, will der Richter vom Angeklagten wissen.
„Nein, aber die Idee ist auch gut.“

* * * * * * * *

An den Händen einer Frau kannst du viel über ihre aktuelle Stimmung ablesen. Hält sie zum Beispiel eine Waffe in den Händen, ist sie wahrscheinlich wütend.

* * * * * * * *

„**H**allo, ich bin eine gute Fee. Du hast drei Wünsche frei.“
„Ich wünsche mir, dass du nicht zählen kannst.“
„Ok, wie lauten deine anderen 17 Wünsche?“

* * * * * * * *

Frauen schnarchen nicht. Sie schnurren.

Warum sagen so viele Männer „Schatzi" zu ihrer Frau? Weil sie sich nicht zwischen Schaf und Ziege entscheiden können.

* * * * * * * *

„**G**ünther, deine Witze sind schon wieder unter der Gürtellinie", beschwert sich Hilde bei ihrem Mann. Antwortet dieser: „Deine Brüste doch auch." „Oma, Opa, könntet ihr das bitte nach dem Essen klären?"

* * * * * * * *

Was macht man, wenn man von einem Blinden nach dem Weg gefragt wird? Man stellt ihn an die Litfaßsäule und sagt: „Immer der Wand nach."

* * * * * * * *

Sie: „Ist das nicht schön? Nächsten Monat feiern wir silberne Hochzeit." Er: „Ja, stimmt. Das ist nicht schön."

Zwei Männer gehen nachts am Friedhof vorbei, als sie ein rhythmisches Stöhnen hören. Neugierig gehen sie auf den Friedhof und sehen ein Paar beim Geschlechtsverkehr.
Schelmisch ruft der eine Mann:
„Dürfen wir auch mal?"
Ruft der Mann erbost zurück:
„Buddelt euch selber eine aus."

* * * * * * * *

Die werdenden Eltern unterhalten sich mit der Frauenärztin im Büro. Sagt sie: „Erst einmal die gute Nachricht. Ihr Kind wird später immer einen Parkplatz kriegen."

* * * * * * * *

Der total übermüdete Patient bittet seinen Arzt um Hilfe: „Können Sie meine Schlaflosigkeit heilen?"
„Aber natürlich! Wir müssen nur den tieferen Grund dafür beseitigen."
„Das wird schwierig werden. Meine Frau hängt sehr an dem Baby."

„**H**aben Sie Milch zum Kaffee?“
„Ich habe Fettarme.“
„Oh, das sieht wirklich nicht
schön aus, bekomme ich
trotzdem meine Milch?“

* * * * * * * *

„**I**st Ihr Auto dieses Jahr schon
überholt worden?“,
will der Mechaniker von der älteren
Frau wissen. Diese Antwortet:
„Ja, sogar schon von Fußgängern.“

* * * * * * * *

Was sagt man, wenn ein
Spanner gestorben ist?
Der ist weg vom Fenster.

* * * * * * * *

„**D**u Papa“, erkundigt sich der
kleine Felix bei seinem Vater,
„wie hieß eigentlich die
Schwiegermutter von Adam?“
Brummt der Vater: „Der hatte keine,
der lebte doch im Paradies.“

Was haben sechzigjährige Frauen zwischen den Brüsten, was Achtzehnjährige nicht haben?
Einen Bauchnabel.

* * * * * * * *

Was passiert, wenn man eine Handgranate in die Küche wirft?
Nicht viel, das Chaos ist das gleiche, nur das Gemeckere hört auf.

* * * * * * * *

Unterhalten sich zwei Studenten auf einer lauten Party. Fragt die eine:
„Was studierst du?"
Antwortet er: „Geologie."
Sie: „Oh, Theologie! Religion, Jesus Christus und so?"
Meint er: „Nein, Geologie. Steine, nicht steinigen!"

* * * * * * * *

Ein Blinder und ein Tauber beim Duell:
„Wo ist er? Wo ist er?"
„Hat er schon geschossen?"

Fragt ein älterer Herr schnippisch
einen Jugendliche, der komplett
in schwarz gekleidet ist:
„Na, wessen Beerdigung
ist denn heute?"
Dieser blickt durch den Raum
und antwortet dem Mann:
„Ich habe mich noch nicht
entschieden."

* * * * * * * *

Nachdem der Besuch weg ist,
regt sich Tobias auf:
„Ich hasse es, wenn Leute bei uns
zu Gast sind und fragen,
ob wir eine Toilette haben.
Das nächste Mal sage ich:
Nein, wir scheißen in den Garten!"

* * * * * * * *

Der Vater fragt seine Tochter am
Frühstückstisch nach der Zeitung.
„Papa, du musst mit der Zeit gehen",
und reicht ihm ihr iPad.
ZACK, Fliege tot!

„**S**chatz?“ sagt die Frau zu ihrem
Mann. Dieser antwortet: „Ja?“
„Ich fühle mich so hässlich,
so fett und faltig. Ich brauche
jetzt ein Kompliment von dir.“
„Du hast eine sehr gute
Beobachtungsgabe.“

* * * * * * * *

Treffen sich zwei Jäger.
Beide tot.

* * * * * * * *

Früher:
Wer nämlich mit H schreibt ist dämlich.
Heute:
Wer nämlich mit H schreibt,
hält wenigsten den Stift richtig rum.

* * * * * * * *

Erkundigt sich der Ober beim Gast:
„Guten Abend der Herr,
wie fanden Sie unser Schnitzel?“
Antwortet dieser:
„Ganz zufällig unter einem Salatblatt.“

Eigentlich sollte es mich interessieren, wie alt du bist. Allerdings kannst du wahrscheinlich nicht so weit zählen.

* * * * * * * *

Unterhalten sich zwei Planeten:
„Du, mir geht's nicht gut.
Ich habe Homo Sapiens."
„Die habe ich auch mal gehabt.
Die gehen von alleine wieder weg."

* * * * * * * *

Pessimist:
„Schlimmer geht's nicht..."
Optimist:
„Doch!"

* * * * * * * *

Zwei Kinder kommen atemlos in die Drogerie. „Unser Vater ist in einen Bienenkorb gefallen!" Darauf die Verkäuferin: „Und jetzt braucht ihr eine Salbe?" Die Geschwister schütteln den Kopf: „Nein, neue Batterien für die Kamera."

Achmet hat drei Äpfel.
Zwei davon gibt er Mohammed.
Berechne den Radius der Explosion.

* * * * * * * *

Leute, die wirklich für nichts gut sind,
können einen zumindest noch
zum Lächeln bringen…
…wenn man sie die Treppe runterstößt.

* * * * * * * *

Ich persönlich finde die Sache mit den
Frauenhäusern ziemlich paradox:
Da baut man sie extra für Frauen und
dann muss man sie noch reinprügeln.

* * * * * * * *

Neun von zehn Schülern finden
Mobbing lustig.

* * * * * * * *

Arbeitnehmer werden begraben.
Beamte werden umgebettet.

Ich habe gerade mit einem an Parkinson Erkrankten Schach gespielt. War eine echter Zitterpartie.

* * * * * * * *

Clement erwacht aus dem Koma. Seine Frau zieht sich gerade ihre schwarzen Sachen aus und sagt: „Auf dich ist aber auch gar kein Verlass!“

* * * * * * * *

„**H**ilfe! Hilfe! Ich werde überfallen!“ „Halt die Schnauze, ich brauche keine Hilfe von anderen.“

* * * * * * * *

Lieber Arm dran, als Arm ab.

* * * * * * * *

Ich hatte eigentlich nie mit Kindern gerechnet. Und dann… BÄMM! Voll auf die Frontscheibe.

Erdbeben in der Türkei, 90.000 Tote.
Frankreich schickt Hilfstruppen,
Australien Lebensmittel und
Deutschland 90.000 neue Türken.

* * * * * * * *

„**B**oa, ist der Junge da drüben
aber hässlich!"
„Das ist mein Sohn!"
„Oh Entschuldigung! Ich wusste nicht
das Sie der Vater sind."
„Ich bin die Mutter!"

* * * * * * * *

Eine Fee: „Du hast drei Wünsche frei."
Der glückliche Mann überlegt kurz:
„Ok liebe Fee, ich möchte
gerne weise sein."
Fee: „Na gut, das ist zwar ein seltsamer
Wunsch, aber ich erfülle ihn dir.
Gib mir zehn Sekunden."
Nach zehn Sekunden ist
die Fee wieder da:
„So, deine Eltern sind jetzt tot.
Was ist dein nächster Wunsch?"

„**D**u Mami, was ist eine Abtreibung?"
„Frag deine Schwester"
„Aber ich habe doch gar keine Schwester."

* * * * * * * *

Ich habe heute bei der Vergewaltigungshotline angerufen. Ist anscheinend nur für Opfer.

* * * * * * * *

Celine bettelt ihre Mama an:
„Mama, Mama, ich möchte mal unbedingt Bungee-Jumping machen."
Erwidert die Mutter:
„Dein Leben hat schon mit einem kaputten Gummi angefangen, es soll nicht auch so enden."

* * * * * * * *

„**H**exe, verbrennt sie!"
„Aber sie ist doch hübsch."
„Ok, aber danach wird sie verbrannt!"

Was ist der Unterschied
zwischen einem Ingenieur und
einem Bauingenieur?
Die einen bauen Waffen,
die anderen Ziele.

* * * * * * * *

Kundin ruft beim Support an:
„Mein Monitor ist kaputt!"
Fragt der Support:
„Ist der denn auch an?"
Die Kundin: „Ja, natürlich!"
„Ok, dann machen sie ihn
jetzt bitte mal aus."
„Oh, jetzt geht er."

* * * * * * * *

Porschefahrer ohne Porsche
sucht Porschefahrerin ohne
Porschefahrer.

* * * * * * * *

„**D**as ist mein voller Ernst",
sprach die Frau, die Lärm im
Treppenhaus hörte.

Unterhalten sich zwei Freunde
in einer Bar. Sagt der eine:
„Du, meine Freundin sagt,
ich sei neugierig. Steht zumindest
so in ihrem Tagebuch.“

* * * * * * * *

Streiten sich die Geschwister.
Der eine brüllt:“
„Du bist adoptiert!“
Darauf das adoptierte Kind:
„Na, wenigsten wollten sie mich.“

* * * * * * * *

„**I**ch habe Angst vor dem
Horror-Clown. Ich lasse ihn
nicht in unsere Wohnung!“
„Du machst jetzt sofort
meiner Mutter die Tür auf!“

* * * * * * * *

Warum ist die katholische Kirche
gegen Kondome?
Weil kleine Jungs nicht schwanger
Werden können.

Warum mögen Blondinen Cabrios
und Autos mit Schiebedächern?
Wegen der Beinfreiheit.

* * * * * * * *

Eine Gans zur anderen:
Glaubst du an ein Leben
nach Weihnachten?

* * * * * * * *

Die kleine Marie kann nicht
einschlafen. Da fragt die
Mutter ihren Mann:
„Soll ich ihr was vorsingen?"
Darauf erwidert er bittend:
„Versuch es doch erst einmal
im Guten."

* * * * * * * *

Was macht ein Holländer,
wenn die Niederlande die
Fußballweltmeisterschaft
gewonnen hat?
Er schaltet die Spielkonsole aus.

Die Ehefrau ruft aus der Küche:
„Schatz, komm nörgeln,
das Essen ist fertig."

* * * * * * * *

Eine ältere Frau wird mit einem
komplizierten Trümmerbruch ins
Krankenhaus eingeliefert.
Sie hat starke Schmerzen und ruft die
Schwester zu sich und meint:
„Der Schwarze da hinten…
Von so einem will ich aber
nicht operiert werden!"
„Keine Sorge", beruhigt sie
die Krankenschwester,
„das ist unser Chefarzt, der
behandelt nur Privatpatienten."

* * * * * * * *

„**A**n diesem Gemälde kann ich
mich gar nicht sattsehen", sagt
die Besucherin in der Galerie
zu der Künstlerin. Darauf diese:
„Ich mich auch nicht,
deswegen verkaufe ich es ja."

Der Hochzeitsfotograf zur
Hochzeitsgesellschaft:
„Und jetzt noch ein Foto
von dem glücklichen Paar -
der Braut und ihrer Mutter.“

* * * * * * * *

Der Fußballtrainer zum Spieler:
„Mit Ihrer breiten Brust sind Sie genau
der Richtige für unser Team!“
Fragt er: „Aber ist es nicht wichtig, dass
ich auch gut spielen kann?“
„Nein, Hauptsache die Werbefläche
ist groß genug.“

* * * * * * * *

Zwei Pfarrer treffen sich.
Der eine klagt: „Schlechte Zeiten,
keine Hochzeiten, keine
Bestattungen mehr...“
„Stimmt“, meint der andere, „und
wenn man nicht ab und an unter
Leute ginge, gäbe es auch
keine Taufen mehr.“

„**H**err Doktor, Herr Doktor,
ich habe jeden Morgen um
7 Uhr Stuhlgang."
„Ja, das ist doch gut!"
„Aber ich stehe immer erst
um halb acht auf."

* * * * * * * *

Damit die Nachbarn nicht traurig
sind, wenn sie umsonst zum
leeren Briefkasten laufen,
lege ich gerne mal ein
Leberwurstbrot rein.

* * * * * * * *

Die Oma zum kleinen Enkel:
„Du darfst dir von mir ein
schönes Buch wünschen."
„Dann wünsche ich mir
ein Sparbuch."

* * * * * * * *

Frauen haben es gut.
Wenn sie Hunger haben,
können sie sich einfach was kochen.

Polizei: „Was ist passiert?"
Zeugin: „Zwei Smarts sind auf dem Parkplatz zusammengestoßen."
Polizei: „Können Sie den Unfall beschreiben?"
Zeugin: „Total niedlich."

* * * * * * * *

Was denkt eine Frau nach 20 Ehejahren, wenn sie am Morgen in den Spiegel schaut?
Das gönne ich ihm.

* * * * * * * *

„**H**err Doktor, ist das eine seltene Krankheit, die ich habe?"
„Nein, die Friedhöfe sind voll davon."

* * * * * * * *

„**M**ama, ich kann Sebastian nicht heiraten. Er glaubt nicht an Himmel und Hölle!"
„Heirate ihn nur mein Kind. Wir werden ihn schon davon überzeugen."

Kommt ein Selbstmörder in
den Himmel. Gott empört:
„Was fällt dir ein, du kannst dich
doch nicht einfach umbringen!"
„Ach weißt du Gott", sagt er,
„mein Sohn hat mir solche
Schwierigkeiten gemacht…"
Meint Gott: „Ja, mein Sohn hat
mir auch reichlich Ärger gemacht."
Fragt der Selbstmörder:
„Und? was hast du getan?"
„Ich habe ein neues
Testament geschrieben!"

* * * * * * * *

Warum stehen Männer in
der Nacht auf?
18 % müssen aufs Klo.
11 % gehen zum Kühlschrank
71 % müssen nach Hause.

* * * * * * * *

Was ist der Unterschied zwischen
Jesus und einer Nonne?
Der Gesichtsausdruck beim Nageln.

Überlegung am Abend:
Soll ich rausgehen und mir ansehen, was ich nicht ficken kann, oder soll ich zu Hause bleiben und ficken, was ich nicht ansehen kann?

* * * * * * * *

Treffen sich zwei Priester bei einem Spaziergang und unterhalten sich. Sagt der eine:
„Was mir die Leute so in der Beichte erzählen, da geht dir der Hut hoch."
Sagt der andere:
„Du trägst einen Hut in der Beichte?"
„Nein, aber ich habe ihn auf dem Schoß liegen."

* * * * * * * *

„**S**ind Sie noch verlobt?"
„Nein, schon seit gut zwei Monaten nicht mehr."
„Das freut mich für Sie. Ihre Freundin war auch echt hässlich. Wie sind Sie denn die Alte losgeworden?"
„Ich habe sie geheiratet."

„**H**ast du gehört?
Unser Chef ist gestorben."
Ja, und ich frage mich die
ganze Zeit, wer da
mit ihm gestorben ist."
„Wieso mit ihm?"
„Na, in der Anzeige stand doch:
Mit ihm starb einer unser
fähigsten Mitarbeiter."

* * * * * * * *

Eine dickere Frau steht
vor ihrem Spiegel und fragt:
„Spieglein, Spieglein an der Wand,
wer ist die schönste im ganzen Land?"
Darauf der Spiegel:
„Geh mal zur Seite, ich sehe ja nichts."

* * * * * * * *

„**W**oher haben Sie denn die
vielen Pokale, die da stehen?",
fragt der Besucher.
„Mein Sohn ist Herrenreiter."
„Komisch, meiner ist auch schwul,
aber Pokale hat er keinen einzigen."

Ein Mann kommt ins
Straßenverkehrsamt und sagt zu der
jungen Frau am Schalter:
„Hallo, ich hätte gerne
eine rote Nummer."
Sagt Sie: „Tut mir leid, da sind
Sie zwei Tage zu spät."

* * * * * * * *

Saskia erwischt ihren Mann
mit einer Liliputanerin im Bett:
„Und du hast mir doch versprochen,
dass du mich nie wieder
betrügen wirst!"
„Aber Schatz, du siehst doch,
dass ich es mir langsam abgewöhne."

* * * * * * * *

Eine Ameise und ein Elefant heiraten.
Beim Sex bricht der Elefant
tot zusammen: Herzinfarkt.
„So ein Mist", flucht die Ameise,
„fünf Minuten Spaß und nun darf
ich den Rest meines Lebens
ein Grab schaufeln.

Aufgeregt stürmt der frische Vater zum Chefarzt: „Herr Doktor, das Baby ist ja schwarz. Hier muss eine Verwechslung vorliegen." „Das mag sein, aber die liegt mit Sicherheit schon neun Monate zurück."

* * * * * * * *

Wie wechselt ein Dinosaurier einen Tampon? Ganz einfach: Altes Schaf raus, neues Schaf rein.

* * * * * * * *

„**N**a, junge Frau, wohin gehen Sie denn mit Ihren hübschen Beinen?" „Wenn nichts dazwischen kommt, ins Kino."

* * * * * * * *

Ist ein Holländer eigentlich obdachlos, wenn er seinen Führerschein abgeben muss?

Warum lösen Türken
keine Kreuzworträtsel?
Sie haben Angst die Heimreise
zu gewinnen.

* * * * * * * *

„**S**chatz, du siehst echt nicht gut aus.
Bist du krank?“
„Nein, ungeschminkt...“

* * * * * * * *

Was ist jemand mit polnischen
und italienischen Eltern?
Zu faul zum Klauen.

* * * * * * * *

Der Arzt wird zu einem
dringenden Hausbesuch gerufen.
An der Haustür wird er
von einer schluchzenden
Frau empfangen:
„Herr Doktor, Sie sind
umsonst gekommen...“
Antwortet dieser:
„Nicht umsonst, vergebens!“

„**9**99… 1000… 1001 – Liebling“,
jubelt der Tausendfüßler,
„es ist ein Junge!“

* * * * * * * *

„**M**utti, ich bekomme ein Baby.“,
gesteht der Teenager.
„Wer ist der Vater?“
„Vierzehnmal darfst du raten…“

* * * * * * * *

Der Anleger fragt entsetzt
seinen Anlageberater:
„Ist jetzt wirklich mein ganzes Geld
weg? Alles was ich über
30 Jahre angespart habe?“
„Aber nein, das ist doch nicht weg.
Es gehört jetzt nur wem anderes.“

* * * * * * * *

Meint der kleine Felix versonnen:
„Ich möchte mal so sterben wie mein
Opa. Friedlich schlafend und nicht laut
kreischend wie sein Beifahrer.

Achtung! Dieser Witz ist wie
ein Flüchtling:
Kommt nirgendwo gut an.

* * * * * * * *

Fragt der kleine Sven seinen Vater:
„Du Papa, wie ist es eigentlich,
den besten Sohn der Welt zu haben?“
Erwidert der Vater:
„Keine Ahnung,
frag deinen Großvater.“

* * * * * * * *

Manche Autofahrer sind so
langsam unterwegs,
die werden nicht geblitzt,
die werden gemalt.

* * * * * * * *

Sagt die kleine Bianca:
„Oma, trink nicht so viel Wein,
das ist gefährlich.“
Darauf die Großmutter:
„Mein Kind, ich bin 92 Jahre alt.
Bettvorleger sind gefährlich.“

Ein Arzt und ein Türke bauen
nebeneinander ein Haus.
Eines Tages sagt der Türke zum Arzt:
„Mein Haus ist mehr wert als deins!“
Fragt der Arzt: „Warum das denn?“
„Na, ich wohne neben einem Arzt,
du neben einem Türken.“

* * * * * * * *

Was ist der Unterschied zwischen
Lego und Kurden?
Lego hat ein eigens Land.

* * * * * * * *

„**P**apa, warum steht Oma seit
einem Jahr am Fenster
und bewegt sich nicht?“
„Pssst! Das ist wegen der Rente.“

* * * * * * * *

„**S**päter heirate ich Mona!“
„Sohn, aber zum heiraten
gehören immer zwei.“
„Ok, dann nehme ich
Mareike auch noch.“

Der Professor vor der Prüfung:
„So viel Verzweiflung habe ich
zuletzt auf einer Ü30-Party gesehen."

* * * * * * * *

In Israel kämpfen jüdische Soldaten.
Der eine wird in der Brust getroffen:
„Ich schaffe es nicht. Ich will
aber auch nicht leiden.
Erschieß mich, bitte."
Darauf der andere Soldat:
„Es tut mir leid! Ich habe leider
keine Patronen mehr."
„Dann kauf eine von meinen."

* * * * * * * *

Sklavenwitze werden nie alt.
Genauso wie Sklaven.

* * * * * * * *

„**D**u bist die allerschönste Frau,
die ich je getroffen habe!"
„Ach, du willst mich doch nur
ins Bett bekommen..."
„...und intelligent bist du auch."

Warum essen blinde Menschen
immer so gerne Sesambrötchen?
Weil da immer so lustige
Kurzgeschichten draufstehen.

* * * * * * * *

Will der kleine Daniel von
seinem Vater wissen:
„Was ist eigentlich ein
Friedensangebot?"
Antwortet dieser:
„Alles vom Blumenstrauß
bis zum Cabrio."

* * * * * * * *

Vegetarier essen meinem Essen,
das Essen weg.

* * * * * * * *

Meint die Oma zu ihrem Mann:
„Du Brummbärchen,
rate mal wer kein Unterhöschen
und keinen BH trägt."
„Ach, deshalb ist heute
dein Gesicht so straff."

Sagt der Vater zum Sohn:
„Sohn, ich muss dir etwas sagen:
Du wurdest adoptiert."
„Was? Ich will sofort meine echten
Eltern kennenlernen!"
Darauf der Vater:
„Wir sind deine echten Eltern!
Und jetzt mach dich fertig,
du wirst in 20 Minuten abgeholt."

* * * * * * * *

Eine Frau mit einem kleinen Kind auf
dem Arm steigt in einen Bus.
Da sagt der Busfahrer:
„Boah, ist Ihr Kind aber hässlich!
Sowas habe ich ja noch nie gesehen!"
Die Frau setzt sich ganz verstört auf
ihren Platz als ein Mann zu ihr
kommt und sie fragt, warum sie denn
so verstört sei. Sie sagt, dass der
Busfahrer ihr Kind beleidigt hätte.
Darauf sagt der Mann:
„Das würde ich mir nicht gefallen
lassen! Gehen Sie hin und sagen
Sie ihm die Meinung.
Ich halte solange Ihren Affen."

Wie lautet das Motto der Domina?
Was dich nicht umbringt,
macht dich härter.

* * * * * * * *

Birte zum Vater:
„Papa, ich wünsche mir ein Pony
zu Weihnachten."
Meint er: „Das geht in Ordnung."
Birte: „Wirklich? Du bist der
Beste. Ich hab dich so lieb!"
Am Heiligabend:
„So Birte, am 5. Januar ist
dein Friseurtermin."

* * * * * * * *

Was haben Frauen und
Handgranaten gemeinsam?
Ziehst du den Ring ab,
ist das Haus weg.

* * * * * * * *

Smoothies – Die Kunst eine Banane
und einen halben Pfirsich für
2,79 Euro zu verkaufen.

Der Mann fragt den
berühmten Scheidungsanwalt:
„Wie hoch ist Ihr Honorar?"
„1.000 Euro für drei Fragen."
Meint der Mann erschrocken:
„Wirklich? Ist das nicht
ein bisschen teuer?"
Sagt der Anwalt:
„Das mag sein...
Was ist denn Ihre dritte Frage?"

* * * * * * * *

Das Gericht hat die junge Julia
zu einer Geldstrafe verurteilt,
weil sie ihr eigenes Popcorn,
Cola und Süßigkeiten mit ins
Kino gebracht hat.
Insgesamt kam sie aber trotzdem
günstiger davon.

* * * * * * * *

Der Arzt fragt seinen Patienten:
„Ist Ihr Husten besser geworden?"
„In der Nachbarschaft antworten
nur noch zwei anstatt vier Hunde.

Relativität kurz erklärt:
Die Kneipe ist 10 Gehminuten
von meinen Haus entfernt,
aber mein Haus ist 60 Gehminuten
von der Kneipe entfernt.

* * * * * * * *

Fragt der Mann seinen Arzt:
„Herr Doktor, wie kann ich
100 Jahre alt werden?"
„Erstens: Nie Alkohol!"
„Kein Problem, ich bin Antialkoholiker."
„Zweitens: Keine Frauen!"
„Ich bin ein absoluter Frauenfeind."
„Drittens: Kein Fleisch essen!"
„Ich bin Vegetarier."
Fragt der Arzt:
„Warum wollen Sie überhaupt
so alt werden?"

* * * * * * * *

Priester: „Hiermit erkläre ich Sie zu
Mann und Frau!
Sie dürfen nun Ihren
Facebook-Status aktualisieren."

Denkt die Mutter:
„Ich hoffe, die Kinder werden niemals herausfinden, warum ich so häufig Ooops sage, wenn ich in ihrem Zimmer staubsauge."

* * * * * * * *

Kommt die junge Mutter mit ihrer Tochter im September zum Arzt:
„Herr Doktor, meine kleine Carina leidet unter Schlafstörungen."
Sagt der Arzt zu dem total übermüdeten Mädchen:
„Sieh es doch mal so:
Nur noch dreimal schlafen, dann ist Weihnachten."

* * * * * * * *

Sagt der Mann stolz zu seinem Sitznachbarn in der Bar:
„Ich werde nie die ersten Worte meines Sohnes vergessen!"
Fragt der andere:
„Was hat er denn gesagt?"
„Wo warst du die ganzen 16 Jahre?"

„**M**ami, Mami, darf ich die
ganze Schüssel auslecken?"
„Nein, Gerrit! Du drückst die
Klospülung, wie jeder von uns auch!"

* * * * * * * *

Sagt die Oma zum Nazi:
„Ach sie Armer! Erst die
Chemotherapie und jetzt auch
noch orthopädische Schuhe."

* * * * * * * *

Was wäre, wenn man Jesus
damals nicht ans Kreuz geschlagen,
sondern ertränkt hätte?
Dann müsste heute in jedem
bayrischen Klassenzimmer
ein Aquarium stehen.

* * * * * * * *

Kontaktanzeige:
Sechsfache Witwe sucht
vertrauensvollen Ehemann.
Meine Hobbies:
Pilze sammeln und Kochen.

„**S**ie sind so übergewichtig, dass Ihr Herz bereits Schaden genommen hat. Wenn Sie nicht sofort etwas ändern, gebe ich Ihnen noch 12 Monate“, sagt der Arzt zu dem dicken Mann.
„Oh, nein.“
„Aber keine Sorge, wir kriegen das mit einer kalorienreduzierten Ernährung schnell wieder in den Griff.“
„Ohhhh, neeeein!“

* * * * * * * *

Was ist klein, braun und riecht nach Karamell?
Ein Zuckerkranker, der vom Blitz getroffen wurde.

* * * * * * * *

Wie kann man Schafe melken?
Bring ein iPhone raus und verlange dafür 1.200 Euro.

* * * * * * * *

Was macht man mit einem Hund ohne Beine? Um die Häuser ziehen.

Ironie und Sarkasmus
sind die schönsten Versuchungen
seit es Vollidioten gibt.

* * * * * * * *

Mit einem Menschen zu telefonieren,
der Kinder hat, ist wie mit einem
Menschen zu telefonieren,
der Tourette hat:
„Klar würde ich am Samstag
SPUCK DAS SOFORT WIEDER AUS
mit ins Kino kommen."

* * * * * * * *

Frau Sundermann liegt auf
dem Sterbebett und meint zu ihrem
Mann, der neben ihr sitzt:
„Solltest du noch einmal heiraten,
versprich mir, dass deine neue
Frau nie meinen Verlobungsring
mit den Diamanten tragen wird."
Antwortet ihr Mann:
„Natürlich verspreche ich dir das, mein
Liebling! Das geht auch gar nicht. Sie
hat auch viel zartere Hände als du."

Warum frisst eine Gottesanbeterin
das Männchen während dem Sex.
Um das Schnarchen zu beenden,
bevor es angefangen hat.

* * * * * * * *

Sagt die 13-jährige Tochter
zu ihrem Vater:
„Ich glaube ich möchte
Feuerwehrfrau werden."
Antwortet dieser:
„Bis du fertig angezogen bist,
ist das ganze Haus abgebrannt."

* * * * * * * *

Warum sind Chinesen klein und gelb?
Wären sie groß und gelb,
wären sie ja Postautos.

* * * * * * * *

Luisa ist krank und ihr Freund
googlelt, was sie haben könnte:
„Schatz, also entweder hast
du die Pest, Borkenkäfer oder
deine Zylinderkopfdichtung ist kaputt."

Die Ehefrau holt ihren Mann aus der Kneipe ab. Er spendiert ihr einen Schnaps. Sie trinkt und schüttelt sich. Da meint er: „Siehst du, und du glaubst, ich würde mich hier amüsieren."

* * * * * * * *

Meint die 13-jährige Tochter zu ihrer Mutter:
„Papa ist auch ein Dummer! Zu mir sagt er großes Mädchen und zu der Nachbarin kleine Maus."

* * * * * * * *

„**M**ami, Mami, ich mag die rote Suppe nicht!"
„Sei still und iss, die gibt es nur einmal im Monat."

* * * * * * * *

Deine Zähne sind wie Duisburg und Gelsenkirchen:
Da ist noch Essen zwischen.

Der Staubsaugervertreter
klingelt an der Haustür.
Als ihm geöffnet wird, sagt er:
„Gnädige Frau, darf ich Ihnen unser
Topmodel vorführen, von
dem Ihre Nachbarin meint,
dass Sie sich diesen eh
nicht leisten können?"

* * * * * * * *

Frau Jansen kommt mit
ihrer Tochter zum Arzt.
Fragt der Arzt die Mutter:
„Stottert Ihre Tochter immer so?"
„Nein, nur wenn sie was
sagen will."

* * * * * * * *

Meint die Tochter zum Vater:
„Bauch einziehen bringt
auf der Waage nichts, Papa."
Ruft der Vater wütend:
„Anders kann ich die
Zahlen nicht sehen du
diabolische Kopie deiner Mutter!"

Frauen lassen sich die Lippen
aufspritzen, damit sie hübsch sind…
Ich habe noch nie eine Frau
mit hässlichen Lippen gesehen.
Es sei denn, sie waren aufgespritzt.

* * * * * * * *

Jens steht an der Supermarktkasse
zufällig hinter seiner Ex-Freundin.
Als diese an der Reihe ist,
sagt er zu ihr:
„Treuepunkte sammelst du
wohl eher nicht, oder?"

* * * * * * * *

Der neue Chef will mehr Respekt
von seinen Mitarbeitern und
hängt ein Schild an seine
Bürotür, auf dem steht:
„Ich bin der Chef!"
Nach der Mittagspause hängt
anstatt des Schildes ein gelber
Zettel an der Tür:
„Ihre Frau hat angerufen.
Sie wollte ihr Schild zurück."

Die UN macht eine Umfrage:
„Was ist Ihre Meinung zum
Mangel an Nahrungsmitteln
im Rest der Welt?“
Saudi Arabien fragt:
„Was ist Meinung?“
Die Europäer antworten:
„Was ist Mangel?“
Afrika antwortet:
„Was sind Nahrungsmittel?“
Amerika antwortet:
„Was ist der Rest der Welt?“

* * * * * * * *

Man sagt nicht mehr Neger,
sondern hungernde Fachkraft
für Baumwolllogistik.

* * * * * * * *

Am Dorfbrett hängt ein Brief:
Liebe Nachbarn,
seit dem letzten Sturm vermisse ich
zwei Gießkannen, einen Grill
und meine Frau.
Den Grill bräuchte ich wieder.

Der Chef hat Herr Brecht und seine
Frau zum Abendessen zu sich
nach Hause eingeladen. Als das
Ehepaar vor der Villa steht,
fällt ihnen am Eingangstor ein
großes Warnschild auf:
„Vorsicht vor dem Hund!“
Nachdem sie reingelassen wurden,
kommt ihnen ein ganz kleiner
Chihuahua entgegen.
Fragt Herr Brecht seinen Chef:
„Warum hängt denn am Tor
ein so großes Schild für
einen so kleinen Hund?“
Sagt der Chef:
„Ach, das ist der Hund von meiner
Frau. Das Schild hängt als Warnung,
damit man nicht drauf tritt.“

* * * * * * * *

Fragt der Polizist:
„Wissen Sie, warum wir Sie
angehalten haben?
Sagt der Autofahrer:
„Weil Batman und Robin
die richtigen Verbrecher jagen?“

Kommt ein Mann zum Optiker
und fragt den Verkäufer:
„Haben Sie eine Brille die zu
meinem Gesicht passt?
Antwortet der Optiker:
„Selbstverständlich,
auf der Kundentoilette."

* * * * * * * *

„**S**chatz, guck mal.
Die Frau da vorne trägt die
gleiche Leggins wie ich."
Antwortet er:
„Fast, bei deiner sind die
Blumen größer."

* * * * * * * *

Kommt ein Mann ins Blumengeschäft:
„Ich muss mich bei meiner
Frau entschuldigen.
Ich hätte gerne rote Rosen."
Fragt der Florist mit der
Gartenschere in der Hand:
„Wie lang?"
„Wie? Sie vermieten die auch?"

Der Bruder wundert sich, nachdem er aus fünf Häusern aus der Umgebung laute Jubelschreie hört: „Entweder schauen die alle Fußball oder meine Schwester ist doch nicht schwanger."

* * * * * * * *

„**W**ann bist du eigentlich so eine Spaßbremse geworden?"
„14.02.2001 um 10 Uhr."
„Ach, auf einmal kennst du unseren Hochzeitstag?"

* * * * * * * *

Meint die Ehefrau zu ihrem Mann:
„In der Küche passieren die meisten Unfälle."
Meint ihr Mann:
„Ja, und ich muss sie dann immer essen!"

* * * * * * * *

Im Kino Nachos mit Käse geholt. Zahle sie in 24 Monatsraten.

„**D**as muss früher echt immer
eine Sauerei gewesen sein“,
sagt Jan zu seinem Kollegen,
„als es noch keinen Wecker gab
und die Menschen jeden Morgen
einen Hahn erschlagen mussten.“

* * * * * * * *

„**S**chatz, was würdest du machen,
wenn mich jemand entführt?“
„Die Stunde Ruhe genießen,
bevor er dich freiwillig
zurück bringt.“

* * * * * * * *

Frauenfreundschaft:
„Ich bin fett.“
„Quatsch, du bist sexy!“
Männerfreundschaft:
„Ich bin fett.“
„Ja, und hässlich bist du auch noch!“

* * * * * * * *

Brettspiel für eine Person?
Bügeln.

Als der Papst stirbt, findet er sich nicht im Himmel, sondern in der Hölle wieder. Meint der Teufel zu ihm: „Na, so richtig überrascht sind wir jetzt beide nicht, oder?"

* * * * * * * *

Was macht ein Taliban auf einer Schaukel? Den Scharfschützen ärgern.

* * * * * * * *

„**S**chatz, du sagt mir gar nicht mehr, dass du mich liebst", beschwert sich die Ehefrau bei ihrem Mann. „Ich habe es dir doch schon einmal gesagt. Wenn sich etwas ändert, sage ich dir Bescheid."

* * * * * * * *

Man kann viele schlechte Dinge über Pädophile sagen, aber wenigsten fahren sie langsam an der Schule vorbei.

Junge aus Bangladesch von
Gleichaltrigen gehänselt,
weil er keine Markenklamotten näht.

* * * * * * * *

„**B**ist du Einzelkind?"
„Ich bevorzuge den
Ausdruck Alleinerbe."

* * * * * * * *

Was ist der Unterschied zwischen
geil und pervers?
Geil ist es, mit einer Feder
gestreichelt zu werden.
Pervers ist es,
wenn das Huhn noch dran hängt.

* * * * * * * *

„**D**u Mami", fragt die kleine
Sofie ihre Mutter,
„wann darf ich endlich
wieder unter dem Tisch
hervorkommen?"
„Wenn der Schreiner nächste Woche
das neue Tischbein gebracht hat."

Was ist der Unterschied zwischen
Jesus und einem Jesus-Bild?
Für das Bild braucht
man nur einen Nagel.

* * * * * * * *

Die Oma und die kleine Enkelin
unterhalten sich über Romantik:
„Zum Abschied schenkte mir dein
Opa damals eine rote Rose und
flüsterte mir ins Ohr, dass er zurück
käme, wenn diese anfängt
zu welken."
„Oh, wie romantisch von Opi!"
Entgegnet die Oma:
„Von wegen, die Rose war aus Plastik."

* * * * * * * *

Der Sohn des Kannibalenhäuptlings
kommt in die Missionsschule. Auf
seinem Arm trägt er ein Baby.
„Fein, dass du deinen kleinen Bruder
mitbringst", freut sich der Missionar.
„Das ist nicht mein Bruder,
das ist mein Pausenbrot."

Kommt ein Mann zum Arzt.
Dieser verschreibt ihm Moorbäder.
Fragt der Patient:
„Und das hilft mir, Herr Doktor?"
Antwortet der Arzt:
„Nein das nicht, aber damit können
Sie sich schon einmal an die
feuchte Erde gewöhnen."

* * * * * * * *

Impotent ist, wenn man will,
aber nicht mehr kann.
Frigide ist, wenn man kann,
aber nicht mehr will.
Senil ist, wenn man kann und will,
aber nicht mehr weiß was.

* * * * * * * *

Sagt die Frau zur Nachbarin:
„Also mein Mann, der hat auch
immer ein Mordsglück.
Gestern hat er eine hohe
Lebensversicherung abgeschlossen
und da ist er doch echt die
Kellertreppe runtergefallen."

Ein Schotte, der seit zwei
Jahren seine Frau vermisst,
erhält überraschend von der
Polizei ein Telegramm:
„Frau gefunden – ertrunken – Stopp
Körper über und über mit Muscheln
und Perlen übersät – Stopp
Erbitten Nachricht – Stopp"
Schreibt der Schotte zurück:
„Muschel und Perlen
absammeln – Stopp
Köder wieder auswerfen – Stopp"

* * * * * * * *

Was haben Ehefrauen und
Kantinenessen gemeinsam?
Man stochert oft nur
lustlos darin herum.

* * * * * * * *

Was passiert, wenn alle
Blondinen von Deutschland nach
Österreich auswandern?
Der Intelligenzquotient von
Beiden Ländern steigt.

Es klingelt an der Tür.
Tom steht draußen und fragt
die Mutter von Felix:
„Du, darf der Felix raus
zum Fußballspielen?“
„Ach Tom, du weißt doch,
dass der Felix keine Arme
und keine Beine mehr hat.“
Darauf Tom:
„Ja schon, aber er
rollt doch so gut.“

* * * * * * * *

Ein amerikanischer Schulbus auf dem Weg zur Schule. Plötzlich bricht ein Streit zwischen den weißen und den farbigen Kindern aus, wer im Bus vorne sitzen darf. Der Busfahrer hält den Bus an und stellt sich in den Gang: „Ruhe! Jetzt hört endlich mit diesem Unsinn auf! Es gibt keine Unterschiede zwischen euch. Ihr seid alle gleich! Es gibt nicht weiß und schwarz. Ihr seid jetzt alle grün, okay?
Die hellgrünen Kinder jetzt nach vorne und die dunkelgrünen nach hinten!“

„**M**ama, warum essen wir
eigentlich keine Affen?"
Antwortet die Mutter:
„Na, das sind doch unsere Vorfahren.
Die isst man nicht."
„Ok, das verstehe ich", sagt
die kleine Joanna.
„Und warum essen Türken
kein Schweinefleisch?"

* * * * * * * *

Was ist bei Schwarzen lang und hart?
Der Arbeitstag.

* * * * * * * *

Sagt der Meister zum
Lehrling in der Autowerkstatt:
„Und heute üben wir den
Umgang mit dem Kunden:
Du öffnest die Motorhaube
seines Autos, schüttelst gut sichtbar mit
dem Kopf hin und her und
murmelst gut hörbar
`oh, das sieht gar nicht
gut aus'..."

„**H**ilft Cola gegen Durchfall?“, will
Sarah von ihrem Mann wissen.
Dieser antwortet:
„Wenn die Flache stecken bleibt,
dann ja.“

* * * * * * * *

Unterhalten sich zwei
Freunde in einer Bar:
„Eine Wetter-App, die am
Morgen die passende Kleidung
für den nächsten Tag
raus legt, das wäre es!“
Meint der andere:
„Hatte ich.
Nennt sich Ehefrau.
Zu teuer und die
Sprachausgabe nervt.“

* * * * * * * *

Der Sohn fragt verwundert: „Warum haben wir uns einen Ford Kombi und keinen Porsche gekauft?“ Denkt der Vater: „Wenn der Grund nach dem Grund fragt…“

Der Pilot scherzt mit dem Tower:
„Ratet mal, wer jetzt kommt."
Der Fluglotse schaltet die
Beleuchtung der Landebahn aus
und erwidert:
„Rate mal, wo wir sind."

* * * * * * * *

Fragt Florian seinen Kumpel:
„Du, ich habe heute eine 19-jährige
Schwedin mit dicken Brüsten, blonden
Haaren und langen Beinen zum
Babysitten eingestellt.
Hast du eine Idee, wo ich auf die
Schnelle ein Kind herbekomme?"

* * * * * * * *

Fragt der Lehrer in die Klasse:
„Was ist euer Traumjob?"
Meint Christian:
„Ich möchte gerne Koch bei
Germanys next Topmodel werden.
Den ganzen Tag frei, am Abend
bringt man den Mädchen einen
Apfel und macht dann Feierabend."

Die Frau kommt vom Arzt wieder.
Ihr Mann fragt:
„Na, was hat der Arzt gesagt?“
„Er sagte ich hätte das
Porzellan-Syndrom.“
Der besorgte Ehemann ruft sofort
beim Arzt an und fragt, was das ist.
Meint der Arzt:
„Ich konnte ihr doch nicht sagen,
dass sie nicht alle Tassen
im Schrank hat.“

* * * * * * * *

„**P**apa, wozu dient ein Kondom?“
„Zur Vermeidung solcher Fragen.“

* * * * * * * *

Christopher beschwert sich
bei seinem Freund:
„Du, meine neue Freundin aus
Thailand sagt, ein kleiner Penis
wäre doch nicht schlimm…“
Dann fährt Christopher fort:
„…mir wäre aber lieber,
sie hätte gar keinen.“

Danksagung

Liebe Leserinnen und Leser,

ich möchte mich noch einmal ganz herzlich bei Ihnen für den Kauf dieses Buches bedanken!

Ich hoffe, Sie hatten mit diesem Buch viel Spaß und haben viele neue Witze lesen können, die Ihren Humor getroffen haben und über die Sie lautstark lachen konnten.

Vielleicht gefallen Ihnen ja auch meine anderen Bücher dieser Serie, die bereits veröffentlicht sind oder in Kürze veröffentlicht werden.

Originalausgabe Juli 2018

Design:
Edler gestalten, Daniela Edler, Dipl. Designerin

ISBN: 978-1-9769-0699-2

Printed in Poland
by Amazon Fulfillment
Poland Sp. z o.o., Wrocław

36302197R00098